雪豹公爵としっぽの約束

成瀬かの

20576

角川ルビー文庫

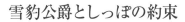

目次

口絵・本文イラスト／みずかねりょう

その世界を統《す》べていたのは獣《けもの》だった。
ヒトである僕はちっぽけでなんの力もなかった。
いじめられて泣く僕にその獣は言った。
自分の居場所は自分で勝ち取れ、と。

初めて目にする帝都《ていと》は雪に埋《う》もれていた。

故郷にはなかった煉瓦《れんが》造りの洒落《しゃれ》た建物も等間隔《とうかんかく》に並ぶガス灯も雪を戴《いただ》いている。通りを行きかうのは種々雑多な獣たちだ。そのどれもが髪《かみ》の間から獣毛《じゅうもう》の生えた耳をにゅっと突《つ》き出し、様々な長さのしっぽを揺《ゆ》らしている。——千歳《ちとせ》以外は。

——さすが帝都、いろんな獣がいる。

舞《ま》い散るぼたん雪から逃《に》げひょこひょこと軒下《のきした》に避難《ひなん》した千歳は、旅行鞄《りょこうかばん》を石畳《いしだたみ》の上に置くと、首のみならず頭にまで巻きつけた襟巻《えりま》きの雪を払《はら》った。地味なラクダ色の襟巻きの下から覗《のぞ》く髪は黒く、そろそろ散髪《さんぱつ》に行った方がいい長さだ。おとなしそうでぱっとしたところのない青年のように見えるが顔立ちは地味に整っており、微笑《ほほえ》むと雪下から顔を出した清楚《せいそ》な花が花開いたような風情《ふぜい》がある。

赤くなった指先に息を吹《ふ》きかけながら、千歳はきょろきょろとあたりを見回した。帝都に出てきたばかりの田舎《いなか》者だということが丸わかりだが、気取ってなどいられない。なにもかもが物珍《ものめずら》しく興味を引く。今日から自分もここで暮らしてゆくのだと思うと胸が弾《はず》んだ。

「あ、天子さまの像……」

大きな噴水《ふんすい》を見つけた千歳は重い旅行鞄に軀《からだ》を傾《かし》がせつつも、跳《は》ねるような足取りで先を急いだ。つららを垂らした台の上に四肢《しし》をすっくと伸《の》ばした、この世で最も貴《たっと》い獣化した天子の像を目指して。

——ここは獣たちの国だ。

獣たちはヒトに似た肉体に獣耳としっぽを持つ。かつてはあらゆる獣が耳としっぽだけでなく全身を獣毛に覆《おお》われた獣本来の姿に変身できたと言われているがその能力は失われて久しく、現在ではごく僅《わず》かな純血種——天子や高位の華族《かぞく》のごく一部——が獣化できるのみだ。

千歳は頭を仰《の》け反らせ、ヒトとはまったく違《ちが》う優美な姿に熱っぽい眼差《まなざ》しを向ける。奇跡《きせき》のような姿の写しを眺《なが》めているだけで膚《はだ》が粟立《あわだ》つ。獣化できる獣のほとんどは帝都にいるという話だが、一度くらい見られるだろうか、見られたらいいなと千歳は夢想する。

——雪のような　白い　毛並み。ふわふわとしていて　雲のような

脳裏《のうり》に浮かんでいるのは、千歳の思い描く理想の毛並みだ。真冬は獣たちの耳やしっぽが大好きだった。殊《こと》に、耳やしっぽを覆うもふもふが好きだ。自分にはないものだからかもしれない。

千歳は帝都よりずっと南にある町で育った。両親はウサギだ。

普通《ふつう》なら二親がウサギならウサギが生まれてくる。だが、千歳には長い耳もしっぽもなかった。母方にヒトの血が混ざっていたらしい。ほんの僅かな血が千歳を先祖返りさせたのだ。

ヒトは嗅覚《きゅうかく》や体力で獣に劣《おと》る代わりにおしなべて頭がよく魔法《まほう》が使えるはずだったが、千歳

は両親に似て脚力《きゃくりょく》が強かった。魔法も一つしか使えない。千歳は単なる先祖返りではなく、ヒトとウサギの中途半端《ちゅうとはんぱ》な混合物だったのだ。でも、姿はヒトだから、獣たちにはヒトとみなされてしまう。両親はどっちつかずな千歳が心配でならなかったらしく、普通なら独り立ちする年齢《ねんれい》になっても傍《そば》から離《はな》そうとしなかった。特にどうしたいという希望のなかった千歳はずっと両親の陰《かげ》に隠《かく》れるようにしてひっそりと生きてきたのだが、つい先日、両親が南の海辺の村──母の故郷に移住しようと言い出した。

いつまでも親に守られ生きてゆくわけにはいかない。これを機に、今度こそ自分の力で自分の居場所を勝ち取ろう。そう思い定めた千歳は、両親と別れて帝都に行くことにした。最初は反対されたが結局は納得《なっとく》してくれ、父は帝都に住む古い友人に手紙を書いてくれた。千歳を頼《たの》む、と。

重い旅行鞄を持ち上げると、千歳は父が描《か》いてくれた地図に従い、ひょこひょこと歩みを進める。脚力の強い千歳は跳ねるならともかく歩くのが苦手だ。

「あった。ここですね」

父の友人が間借りしているという家はすぐ見つかった。頭に頭巾《ずきん》のように巻いていた襟巻きをほどいてからごめんくださいと声を掛《か》けると、待っていたかのように格子戸《こうしど》が開く。からからという軽快な音と共に姿を現したのは若い雌猫《めすねこ》だ。

大きな青い瞳《ひとみ》が印象的な美猫《びじん》。だが、千歳がまず見たのは彼女の頭の上だった。

――茶トラだ。

「はい。どちらさま？」

「こんにちは。千歳と申します。伊織《いおり》さまはご在宅でしょうか」

雪の季節の旅は予定通りに進まない。ざっくりとした日程しか伝えていなかったので不在を覚悟《かくご》していたのだが、幸い父の友人の伊織は家にいた。

「ええ。どうぞ、おあがりになって。伊織さん、お待ちかねの千歳さんがいらっしゃいましたよ」

廊下《ろうか》の奥を振《ふ》り返った茶トラの尻《しり》が千歳の方を向く。帯の結び目に隠れるように開けられたスリットから伸びるしっぽは、途中《とちゅう》で『く』の字に曲がっていた。

――鉤《かぎ》しっぽで毛並みは艶々《つやつや》のふわふわか……すごく素敵だ。

気分が浮《う》き立つのを感じながら、千歳はブーツについた雪を丁寧《ていねい》にこそげとり、外套《がいとう》を叩《はた》いた。中に入って格子戸を閉めると、寒さに強張《こわば》っていた筋肉が緩《ゆる》む。脱《ぬ》いだブーツを端《はし》に寄せて茶トラを追い掛けると、舶来《はくらい》物の絨毯《じゅうたん》が敷《し》かれた和室に黒猫がいた。胡桃《くるみ》材のテーブルの上に広げられていた書類をさっとまとめると席を立ち、千歳ににっこりと微笑み掛ける。

「やあ、こんにちは。久しぶりだね。私のことを覚えているかな？」

一目で目を奪《うば》われた。

――なんて優美な耳としっぽの持ち主なんだろう。

父の友人とは思えないほど若い雄猫《おすねこ》だった。耳としっぽの表面を覆う毛並みは最上等の天鵞絨《ビロード》のよう。獣耳の立ち姿が凛《りん》としていて気品があるし、高々と掲《かか》げられたしっぽのしなやかさときたら鳥肌《とりはだ》ものだ。

前下がりに切りそろえられた黒髪《くろかみ》は右側の方が長いアシンメトリ。色男と言ってもいいくらい整った顔立ちは知的だ。丸眼鏡を掛け、三つ揃《ぞろ》いの胸元《むなもと》に懐中時計《かいちゅう》の鎖《くさり》を光らせた都会的な装いに千歳は気後《きおく》れしてしまいそうになる。

「あの、どこかでお会いしたことがありましたか？」

「うん、かつて君たちも帝都で暮らしていたことは知っているかな？　君のお父さんが住み込みで働いていたお屋敷《やしき》に私も勤めていたんだよ。君はまだ片手で抱《だ》き上げられるほど小さかった。……と、今も抱き上げられそうだね」

ほっそりとした軀つきをからかわれ、我に返った千歳は目を伏《ふ》せた。脱げばちゃんとしなやかな筋肉がついているとわかるのだが、骨格が華奢《きゃしゃ》なせいかこんな風に揶揄《やゆ》されることが多い。小動物系の獣にはままあることとはいえ、それなりの年齢に達した雄としては不本意だ。

「……この間、同じようなことを言って持ち上げようとした父が腰《こし》を痛めました」

「おや、それはそれは！　相変わらずの子煩悩《こぼんのう》ぶりだねえ」

手招きされ椅子《いす》に座ると、雌猫が茶を運んできた。添《そ》えられていた練りきりを伊織が手でひょいと取って齧《かじ》る。行儀《ぎょうぎ》が悪いはずなのに不思議と下品に見えないのは美形だからだろうか。

「さて、典磨《てんま》からの手紙には君の面倒《めんどう》を見てやって欲しいとしか書いてなかったが、これからどうするつもりなんだい？　なにか計画があるのかな？」

千歳は黒文字に伸ばそうとしていた手を引っ込めた。隙《すき》のない外見にそぐわないやわらかな笑《え》みを浮かべた雄猫の顔を真剣に見つめ返す。

「花屋を開くつもりです」

「花屋？　今は冬だよ？」

「僕にとってそれは問題ではありません」

背もたれに体重を預け、伊織は考え込むような表情で拳《こぶし》を顎《あご》に添えた。ふるんと耳が跳ねる。

「ふうん。つてはあるのかい？　先立つものは？　住む家のあてはあるのかな？」

「……それはこれから考えます」

田舎《いなか》にいては帝都《ていと》について知るのは難しく、何の準備もできなかった。少しだけ蓄《たくわ》えはあるが、すべてこれから手探《てさぐ》りでやっていかねばならない。特に住む家については伊織に手を貸してもらえないかと思っていた。

伊織のしっぽの先が嬉《うれ》しそうにくいっと曲がる。

「ちょうどよかった！　それなら君、ひとつ仕事を引き受けてくれないかい？　時々建物の中を見回るだけでいい。住み込みで、拘束《こうそく》時間はないし、高くはないがお給金も出る」

願ってもない話のように思えた。

「どんなお仕事でしょう」

「ある古いお屋敷の管理人を私の代わりにして欲しいんだ。本当は私に委任されているんだけど、とてもそんな暇《ひま》がなくてね。主《あるじ》はずっと留守だから気がねはいらない。水道管が破裂《はれつ》したり硝子《ガラス》を割られたりしないよう、定期的に屋敷内を見回ってくれればいい。なにかあったら知らせてくれれば私が対処する。ああ、蜘蛛《くも》の巣くらいは払《はら》っていてくれると嬉しいな。前の管理人代理が辞《や》めてしまってから次が見つからなくて困ってたんだ。どうだい？」

話を聞いて千歳が想像したのは、ガタがきているボロ屋敷だった。そういう場所にはよく流れ者が勝手に住み着いたり、柄の悪い獣《けもの》たちが入り込んで騒《さわ》いだりする。千歳の住んでいた田舎《いなか》町でさえ、そういう問題があって近隣《きんりん》住民が怖《こわ》がっていた。

「そういう仕事の経験はないんですけど、本当にいいんですか？」

念を押した瞬間《しゅんかん》、丸眼鏡の奥の青い双眸《ブルーアイズ》が光ったような気がした。

「もちろん。子供にだってできる仕事だよ。並行して花屋だってできる。ああ、君が引き受けてくれてよかった。ありがとう！　今夜は君が帝都に出てきたお祝いだ。ご馳走《ちそう》をいーっぱい用意してるからね」

「そんな、お気遣《きづか》いなく……！」

千歳こそ気になっていた住む場所の問題が片づいて、肩《かた》の荷が下りたような気分だった。

だが、千歳はもっとよく考えるべきだった。なぜこんなに条件のいい仕事なのに前任者は辞めてしまったのか、なぜ後任が見つからなかったのか、なぜ帝都に来たばかりでなにも知らない千歳にこの仕事が押しつけられたのかを。

＋　＋　＋

その晩は泊《と》めてもらった。翌朝は伊織が出勤する前に屋敷まで送ってくれると言うので、早く起き出す。リッ――毛並みも美しい茶トラの雌猫――が朝餉《あさげ》を用意してくれた上、昼食用の弁当まで持たせてくれた。まだあたたかい包みを懐《ふところ》にしまい、千歳は深々と頭を下げる。

「ありがとうございます。夕餉も朝餉もおいしかったです。ごちそうさまでした」

「お粗末《そまつ》さま。また遊びにいらしてね」

借りた傘《かさ》を広げると、千歳はリッに見送られ、昨日から降り続く雪の中へと踏《ふ》み出した。頭には昨日と同じように襟巻《えりま》きを巻きつけている。一歩先を歩く伊織は三つ揃いにインバネスを重ねていた。裾《すそ》から伸《の》びる黒いしっぽを見つめ千歳はひたすらついてゆく。

大通りへ出てゆくと雪かきが進み、行きから獣の数も増えた。両脇《りょうわき》には雪が積み上げられ、道幅《みちはば》が狭《せま》くなっている。気をつけていたつもりだったのだが、いきなり横合いから出てきた獣にぶつかられ、千歳はよろめいた。

「あ……っ」

差していた蝙蝠傘《こうもりがさ》が宙を舞《ま》う。襟巻きの端がどこかに引っ掛《か》かってしまったらしい。独楽《こま》のように千歳をきりきり舞いさせた末、尻もちをついた膝《ひざ》の上に落ちてきた。

剝《む》き出しになった千歳の頭を見た獣が、鼻に皺《しわ》を寄せる。

「悪い——って、なんだヒトか」

途中から急にぞんざいになった態度に伊織が顔を顰《しか》める。千歳は微笑《ほほえ》むと、獣の顔より少し上を見た。

遥《はる》か高みに少しだけ見える、体格の割りに小さくて丸っこい、それなりに可愛《かわい》らしい耳を。

「すみません、怪我《けが》しませんでしたか?」

大型獣《おおがたじゅう》の血筋なのか、雄は小山のように大きかった。千歳とぶつかったくらいで怪我などしそうにない。

「ねえよ。次から気をつけろ」

自分からぶつかってきたくせに、謝りもせず去ってゆく。千歳は肩を竦《すく》めると、襟巻きを振るった。垂れた端が、みぞれ状になった道端《みちばた》の雪で濡《ぬ》れてしまっていた。

「随分《ずいぶん》と寛大《かんだい》なんだねえ、君は。突《つ》き飛ばされたっていうのに、怒《おこ》らないのかい?」

千歳は苦笑《くしょう》する。

「怒ると疲《つか》れますし、雪が積もっていたおかげで別に痛くはありませんでしたから」

「襟巻きがびりって厭《いや》な音立ててたよ？」

「えっ、本当に⁉」

襟巻きを広げてみると伊織の指摘《してき》通り、大きな裂《さ》け目ができていた。

「困りました。襟巻き、これしか持ってないのに」

代わりになるようなものもない。千歳は仕方なく濡れた襟巻きを元通り頭に巻き、首の後ろで結んだ。

「そんなの巻いて、冷たくないのかい？」

伊織が蝙蝠傘を拾って差し出してくれる。

「大丈夫《だいじょうぶ》です。それにこうしないと獣耳がないのが一目瞭然《いちもくりょうぜん》になってしまいますから」

「ああ、ヒトだってことを隠《かく》すためだったのか」

「無用な波風は立てないにしかず、でしょう？」

伊織の双眸が細められる。天鵞絨《ビロード》を張った耳が片方、考え深げに揺《ゆ》れた。

「まあ、いいか。目的地まであと一息だよ。ほら、あれが君がこれから管理するお屋敷だ」

千歳たちのいる通りは高台に位置しており、先刻から交差点にぶつかる度《たび》に、右手に帝都を貫《つらぬ》く川まで下り、また緩《ゆる》やかに上ってゆく盆地《ぼんち》が見渡《みわた》せていた。千歳は示された方向を眺《なが》め、もう一度伊織を見る。

「あの、雪の全然積もっていないすごく立派な洋館の、どっち側を見ればいいんですか？」

黒いしっぽが得意げにしなった。伊織が軀《からだ》の向きを変え、芝居《しばい》がかった仕草で片手を掲《かか》げる。

「どっち側でもないよ。あの屋敷《やしき》だ。あの雪の積もってない洋館が、今日から君の家であり、職場だよ」

「え……？」

棒立ちになった千歳の茶色がかった黒い瞳《ひとみ》に映った洋館は高い鉄柵《てっさく》で隔離《かくり》されており、立派な屋敷が建ち並ぶ一角の中でも際《きわ》立って広い敷地《しきち》を誇《ほこ》っていた。建物自体も豪壮《ごうそう》で、千歳など近づくことも許されなそうだ。

「てっきりボロ屋敷を任されるんだと思っていたんですけど」

「古いとは言ったけど、ボロとは言ってないよね？」

にこやかな表情を向けられ、健康的な蜂蜜《はちみつ》色の膚《はだ》から血の気が引く。どうやら冗談《じょうだん》ではなさそうだ。

「あの、僕のような素人《しろうと》が管理できるような家には見えません」

「誰《だれ》にだって初めてはある。君にとっては今日がそうだったというだけのことだよ。さあ、行こう。大丈夫。すぐ慣れる。金に飽《あ》かせて色んな魔法《まほう》を掛けてもらってあるから、あの屋敷はとても住みやすいんだ。勤務先から離《はな》れていなければ私も住みたいくらいだよ。まさか雪の中、ここまで来て、断ったりしないよね？」

そんなことができるわけがなかった。昨夜、伊織はリッと一緒《いっしょ》に、千歳を言葉通り歓待《かんたい》してくれた。きんと冷えた麦酒《ビール》に牡蠣《かき》に蟹《かに》。魚介類《ぎょかいるい》は新鮮《しんせん》なものを魔法で北方から直接送らせたと言っていたから、目の玉が飛び出るほど高くついたに違《ちが》いない。

——まさか僕が断ろうとするのを見越《みこ》して、ああも歓待したわけじゃないよね？

たかが管理人一人雇《やと》うのにそれはない。単なる厚意《こうい》だと信じたいが、伊織の摑《つか》みどころのないふわふわとした笑《え》みを見ていると、よくわからなくなってくる。

「さ、もうちょっと、頑張《がんば》ろうね」

さくりさくり、新雪を踏む音がやけに耳につく。

坂を下って橋を渡《わた》り、再び坂を上ると、両開きの巨大《きょだい》な鉄門の前に出た。蔓薔薇《つるばら》が絡《から》みつく繊細《せんさい》な意匠《いしょう》が見事だ。伊織がポケットから取り出した鍵《かぎ》を鍵穴に差し込むと、なんの抵抗《ていこう》もなく開く。

「通用門もあるから、普段《ふだん》はそっちを使うといい。こっちは屋敷まで遠いからね」

長いアプローチは完全に雪に埋《う》もれてしまっていた。旅行鞄《りょこうかばん》を抱《かか》え、膝上まで雪まみれになりながら漕《こ》いで進む。ようやく正面玄関《げんかん》の庇《ひさし》の下に入ると、やはり不必要としか思えない立派な両開きの扉《とびら》を伊織が開けた。桃色《ももいろ》の大理石が敷《し》き詰《つ》められた玄関ホールの壮麗《そうれい》さに圧倒《あっとう》され、千歳は伸びすぎた前髪《まえがみ》の奥で目を瞬《またた》かせる。

「すごいですね。それに、寒くない……？」

ぞっとするほど静かだった。無人なのは明らかなのに、暖房《だんぼう》が入っているかのようにあたたかい。

「言っただろう？　魔法を掛けてもらってるって。二階には大広間や主寝室《しゅしんしつ》なんかがあるから、後で探検してみるといい」

「そんなことをしても、いいんですか？」

目を輝《かがや》かせた千歳に伊織は頷《うなず》き、ぶるぶるっと軀を振《ふ》るってインバネスから雪を落とすと、畳《たた》んだ傘を壁《かべ》に立て掛けた。

「いいに決まってる。君がここを管理するんだからね。汚《よご》したりしなければ、図書室の本だって自由に見て構わないよ。さ、一階が使用人用のスペースだ」

正面に延びる階段は無視し、左右対称《たいしょう》に並んでいる地味な扉の右の方を開けると、白い扉が並ぶ長い廊下《ろうか》が現れた。

――あれ？

あまりにも非現実的な景色に、逆にどこかで見たことがあるような奇妙《きみょう》な気分に囚《とら》われる。最近読んだ怪奇《かいき》小説のイメージに似ているからだろうか。

伊織が扉を片っ端《ぱし》から開け始めた。

「リネン室にワインセラーのある地下室への階段、使用人の寝室はいくつもあるから好きな部屋を選べばいい。それから厨《くりや》にパントリイ。ここにあるものはなんでも自由に使ってくれてか

まわない。次は……」

果てしなく続く廊下や白とこげ茶で彩《いろど》られた部屋部屋が眩暈《めまい》を誘《さそ》う。使用人用とは言っても華美《かび》な装飾《そうしょく》がないだけで、調度も設《しつら》えも上等だった。随分長い間留守にしていた証拠《しょうこ》に埃《ほこり》っぽさが気になるが、見たところ設備は傷《いた》んでなさそうだ。

巨大な食器棚《だな》の引き出しをなにげなく開けてみる。次の部屋に行こうとした伊織が、千歳がついてきていないのに気づき足を止めた。

「どうしたんだい?」

「あの、伊織さん。銀器があります」

銀器が整然と並んだ赤い布が張られた引き出しの中を凝視《ぎょうし》し、千歳は固まってしまっていた。

「ああ、これも魔法を掛けてもらっているからね。磨《みが》かなくとも曇《くも》らないんだ。すごいだろう?」

そういうことを聞きたかったわけではない。フルセット揃《そろ》った何十人分もの銀器なんて、貧《びん》乏《ぼう》人には一財産だ。

「伊織さん。やっぱり、こういうのは出会ったばかりの僕ではなく、信頼《しんらい》できる方にお願いした方がいいと思います。僕が花屋の資金を作るために銀器を売り払《はら》って逃《に》げたらどうするんですか?」

千歳の懸念《けねん》を、伊織は笑い飛ばした。

「大丈夫。君には悪いことなんて、できないからね」

信頼されているのだろうか。

嬉《うれ》しいと思うと同時に、なんだか空恐《そらおそ》ろしい気分になる。自分はこの猫《ねこ》の信頼にこたえられるのだろうか。

「あとは勝手に見てくれていいよ。さあ、これがこの屋敷の鍵だ」

両手で受け取った鍵束の重さに、千歳は託《たく》された責任を実感した。

「仕事があるから私はもう行くけど、なにかあったらいつでもおいで。私もご両親から手紙が届いたらすぐ届けにくるからね」

旅立つ時、千歳たち一家はなにかあったら伊織宛に手紙を出す約束をしていた。落ち着き先が決まるまで、他《ほか》に連絡の取りようがないからだ。

「なにからなにまでありがとうございます」

千歳が深々と頭を下げると、伊織も嬉しそうに猫耳をぴこぴこさせた。

「礼には及《およ》ばないよ。仕事を引き受けてもらって助かっているのはこっちなんだから」

玄関ホールに戻《もど》ると、傘《かさ》の下に小さな水溜《みずた》まりができていた。千歳が玄関の扉を開き、伊織が外に出て蝙蝠傘《こうもりがさ》を広げる。

「お借りした傘は――」

「ああ、餞別《せんべつ》にあげるよ。襟巻《えりま》きじゃこの雪はしのげない。そしてまだ春は遠いからね」

先刻漕いできた足跡《あしあと》はすでにうっすらと雪をかぶっていた。さよならを言うと、伊織は果敢《かかん》に歩き出す。鈍色《にびいろ》の風景の中、伊織が見えなくなるまで見送りつつ、千歳は物淋《ものさび》しい気分を噛《か》み締《し》めた。

「君には悪いことなんてできない――か」

先刻言われたばかりの言葉を反芻《はんすう》してみる。そうしたら、口元に淡《あわ》い笑みが浮かんだ。信頼には、こたえないとね。

「さて」

後で床《ゆか》を拭《ふ》きに戻ろうと頭の中にメモしつつ玄関ホールに置きっぱなしになっていた傘と旅行鞄を拾い上げ、目星をつけていた使用人用の部屋に運び込む。使用人でも地位の高い者が使っていたのだろう、ここだけは和室で二間続きになっていた。扉を開けると、一段上がったところに畳《たたみ》が敷かれており、靴《くつ》が脱《ぬ》げるようになっている。ちゃぶ台に神棚《かみだな》、箪笥《たんす》もあった。襖《ふすま》の奥は布団の入った押入れつきの寝室だ。

湿《しめ》った外套《がいとう》と襟巻きを脱ぎ、旅行鞄から取り出した前掛けを締めると、千歳は掃除《そうじ》道具を取ってきた。埃だらけの部屋で寝《ね》るわけにはいかない。まずは神棚から、固く絞《しぼ》った雑巾《ぞうきん》で掃除し始める。

自分の部屋が済んだら今度は厨と浴室だ。大人数用なので両方とも一人ではもてあますほど広かったが、一角だけ掃除すればいいというわけにはいかない。隅々《すみずみ》まできっちり綺麗《きれい》にしつつ、どこになにがあるか確認してゆく。

そこまで終わると、千歳は掃除道具をしまい、洗った雑巾を干した。綿埃が転がる廊下も気になるが、気が済むまで掃除していたら、それだけで一日が終わってしまうし、他にしたいこともある。

リツが持たせてくれた弁当をありがたくいただき昼食を済ませると、千歳は玄関ホールに戻り、正面にまっすぐ延びる階段を恐《おそ》る恐る上った。視点が高くなるにつれ、視野が広がってゆく。

階段を上ったところは小さなホールだった。ドーム型の天井《てんじょう》が圧巻だ。唐草模様《からくさもよう》をあしらった枠《わく》に硝子《ガラス》が嵌《は》め込んであり、鉛色《なまりいろ》の空からちらちらと落ちてくる雪が見える。雲の切れ間から見えた空がはっとするほど青い。

階段の正面には両開きの扉があり、大広間に繋《つな》がっていた。開けっぱなしになった扉の向こうに、天井から吊《つ》り下げられた豪奢《ごうしゃ》なシャンデリアがきらきら光っている。

「すごい……」

引き寄せられるように覗《のぞ》き込んでみた大広間はなにもなくがらんとしていた。だが、淋しいと感じないのは部屋の装飾が信じられないくらい壮麗なせいだろう。天井は空を模して水色に塗《ぬ》られ、色とりどりの蝶《ちょう》が舞《ま》っていた。白い壁は金の浮彫《うきぼり》で飾《かざ》られ、カーテンの向こうには帝《てい》都《と》が一望できる。

夢見心地で溜息《ためいき》をつくと、千歳は左手へと延びる廊下を辿《たど》った。意匠を凝《こ》らした部屋がいくつも見つかったが、どこも蜘蛛《くも》の巣こそないものの埃っぽかった。

「見回るだけでいいと言われたけど、掃除ぐらいさせてもらおうかな」

これほど立派な家に住み給金までもらってなにもしないなんて心苦しい。それにいくら業務に含《ふく》まれないとはいえ、むずむずする。そこに綿埃があるのに掃除しないなんてありえない。

「ここがこの屋敷《やしき》の主《あるじ》の部屋——？」

とある一室を開けた千歳は不思議な緊張《きんちょう》を覚え、足を止めた。他の部屋が粛々《しゅくしゅく》とした静けさに満たされていたのに対し、この部屋だけは生きた獣《けもの》の気配とでもいうようなものが感じられた。

「おじゃまします」

十畳《じょう》以上ある洋室には、大きな机と椅子《いす》、硝子扉《とびら》のついた本棚《ほんだな》があった。部屋の中央にはローテーブルとソファが据《す》えられている。ソファにはくしゃくしゃのままの膝《ひざ》掛けが置かれていた。ついさっきまで使っていたという風に。

ほとんど無意識に膝掛けを畳んでソファの端《はし》に置き、部屋の奥の扉を開けてみる。カーテンが閉められた薄暗《うすぐら》い部屋は寝室らしく、中央に天蓋《てんがい》つきの巨大《きょだい》な寝台が据えられていた。奥には衣裳《いしょう》部屋もある。

「うわ」

衣裳部屋を覗いてみた千歳は愕然《がくぜん》とした。食器棚を開けた時より恐ろしい光景が広がっていたからだ。

ラックには主のものらしい上等な服が大量に下がっている。厭《いや》な予感がして洋風箪笥を開けると、天鵞絨《ビロード》が張られた引き出しに高価な懐中《かいちゅう》時計がいくつも並んでいた。宝石があしらわれたカフスや指輪もだ。

「これじゃ盗《ぬす》んでくれと言わんばかりだよ」

上流階級の獣というものはこうも無頓着《むとんちゃく》なのだろうか。

重い溜息をつくと、千歳は元通り引き出しを閉めて部屋を出た。扉を閉めようとして、ふと背後を振《ふ》り返る。

誰《だれ》かに見られているような気がした。

＋　＋　＋

屋敷の最深部、光が揺《ゆ》らめく水底《みなそこ》のような空間で、獣は微睡《まどろ》みから目覚めた。

くん、と鼻を鳴らし、気怠《けだる》げに呟《つぶや》く。また誰か来たのかと。

屋敷を荒《あ》らされては困る。今度はどうやって追い返してやろうかと考えつつ、獣はやけに抵《てい》抗《こう》の強い空気の中を泳ぐように移動した。

景色がぐにゃりと歪《ゆが》んで流れ、己《おのれ》を呼び覚ました元凶《げんきょう》を捕捉《ほそく》した獣は——息を呑《の》む。

＋　＋　＋

「いただきます」

厨《くりや》の調理台の端に腰掛《こしか》け両手を合わせると、千歳は包みの紙を剥《む》いた。中身は麵包《パン》だ。餡《あん》とバタアが挟《はさ》まっているのと黒蜜《くろみつ》が塗ってあるもの。湯気を上げる湯呑《ゆのみ》に入っているのは厨で沸《わ》かした白湯《さゆ》である。

午後は勝手口を探し出し、通用門までの小道を雪かきして終わった。暗くなり始めた空に慌《あわ》てて夕餉《ゆうげ》の買い物に出掛けたものの、歩いても歩いても店が見つからず、ようやく買えたのがこの麵包だ。明日《あした》は近所の探索《たんさく》に時間を割こうと思いつつかぶりつくと、優しい甘さが口の中に広がる。

もそもそと咀嚼《そしゃく》する音だけが厨に響《ひび》いた。千歳しかいない屋敷は厭になるほど静かだ。

「そうだ、手紙を書こう」

わざと声に出して呟くと、千歳は一旦《いったん》席を外して用箋《ようせん》を持ってきた。麵包を左手に持ち替《か》え、一行目に父さんと母さんへと記す。

「ええっと……昨日、予定通り帝都に到着《とうちゃく》、伊織さん宅を探し当てました。……帝都はさすがに毛艶《けづや》のいい獣が多いようですが、伊織さんのしっぽは格別ですね。毛並みが艶々《つやつや》で優雅《ゆうが》に打ち振るわれるたびに光を弾《はじ》くようでした。あんなに手入れの行き届いた毛並みの持ち主は見たことがありません。素敵なしっぽの持ち主に引き合わせてくれてありがとうございます……」

表情豊かに動く艶々しっぽを思い浮《う》かべ、千歳は熱い吐息《といき》を漏《も》らした。

「伊織さんは、あるお屋敷を管理するという仕事も紹介《しょうかい》してくれました。あんまり立派なお屋敷で正直腰が引けてしまうけど、精一杯信頼《せいいっぱいしんらい》にこたえるつもりでいます。父さんと母さんはまだ南に向かっている途中《とちゅう》でしょうか。父さんたちの手紙を受け取る日が今から待ち遠しいです。早くいい住まいが見つかるよう、祈《いの》っています。千歳」

ちょうど最後の一欠けになった麵包を口の中に放り込み千歳はペン先を拭《ぬぐ》う。今日のところはこれでいい。新しい住所を知らせる手紙が来たら送ればいいのだ。

インクを乾《かわ》かすため用箋を広げたまま片づけを済ませると、千歳は自室と定めた部屋に戻《もど》った。荷を解《ほど》き、掃除したばかりの浴室で汗《あせ》ばんだ軀《からだ》を清める。

押入れの中にあった布団は信じられないほど軽くあたたかくて、千歳は逆に快適過ぎて寝られないのではないかと心配になったのだが、慣れないこと続きで思っていた以上に疲《つか》れていたらしい。枕《まくら》に頭を下ろすと同時に眠《ねむ》ってしまった。

＋　＋　＋

翌朝、千歳はもう一個買ってあった麵包で朝餉を済ませ、黒い前掛《まえか》けを締《し》めた。腰が細すぎて紐《ひも》が余るので、後ろでなく前で結ぶ。掃除《そうじ》道具を手に向かうは主の居室だ。

幸いにも雪雲は去り、快晴だった。絶好の掃除日和《びより》である。部屋に入り次々に窓を開け放つと、爽《さわ》やかな空気がどっと流れ込んできた。この屋敷は暖房《だんぼう》もないのにあたたかいが、さすがに窓を開ければ急激に温度が下がってゆく。

「……ん？」

最後の窓を開けて、タッセルでカーテンを留めたところで、千歳は素早く振り返り室内を見《み》渡《わた》した。

「誰もいない……よね」

また視線を感じたような気がした。

屋敷があまりにも広く静かすぎるせいで、少し神経質になっているのかもしれない。気にしないことにして寝具《しんぐ》に風を通し、ばっさばっさとシーツを取り換《か》える。主のための居室は他《ほか》の部屋と比較《ひかく》して段違《だんちが》いにきれいだった。部屋の隅《すみ》に綿埃《わたぼこり》はあるが、ソファの上やテーブルの上には埃が溜《た》まっていない。まるで住んでいる獣がいるかのように。

――まさか、ね。

主寝室や衣裳部屋も思いのほか綺麗《きれい》だったが、今日はここと決めてきた。調度を傷つけぬよう埃を払《はら》い、床《ゆか》を磨《みが》く。

「ん……？」

だが、作業がさほど進まないうちに千歳は屈《かが》めていた腰を伸《の》ばした。

視界の端をなにかが横切ったような気がした。

額に浮いた汗を拭いつつ周囲を見回すが、誰もいない。

当然だ。いるわけがない。誰か来るという話は聞いていないし、ノッカーの音も聞こえなかった。

この部屋に誰かいると訴《うった》える己の感覚を無視し、千歳は一生懸命《いっしょうけんめい》床を磨く作業に没頭《ぼっとう》しようとする。だが、誰かいる、見られているという感覚はますます強まり、足音や衣擦《きぬず》れの音まで聞こえるような気がしてきた。

――そういえば、この屋敷にはどうして管理人がいなかったんだろう？

前任が辞《や》めた、ということについてはそう気にしてはいない。怪我《けが》や病気など様々な可能性が考えられるからだ。だが伊織は次が見つからなくて困っていたと言っていた。こんなに条件のいい仕事で後任が見つからないなんておかしい。

「駄目《だめ》だ、休憩《きゅうけい》にしよう」

溜息《ためいき》をつくと、千歳は両手を床に突《つ》き、上半身を起こそうとした。その刹那《せつな》、肩《かた》になにかがぶつかった。

一体なにが、と考え千歳は凍《こお》りついた。死角にあったから忘れていたが、すぐ脇《わき》に小さな飾《かざ》りテーブルがあったのを思い出したのだ。

――この上には確か、大きな壺《つぼ》が載《の》っていたはず。

ごとんと耳元で恐《おそ》ろしい音が聞こえる。続いた丸くて重いものが転がる音に、千歳は耳を塞《ふさ》ぎたくなった。

今度こそ飾りテーブルにぶつからないよう後退《あとずさ》ってから顔を上げると、今しも床へと身を投げようとしている壺が目に入る。

頭の中が真っ白になった。

手を伸ばせばいいだけなのに、反応できない。

落ちてしまう。割れてしまう。

だが、壺は落ちなかった。空中でぴたりと動きをとめたのだ。それどころか音もなく浮き上がり、元の場所に戻った。

まるで誰かが置きなおしてくれたかのように。

千歳はしばらくの間、その場に座り込み壺を凝視《ぎょうし》していた。

見られているという感覚は間違《まちが》っていなかった。いるのだ、ここには。目に見えない、誰かが。

――物の怪《け》、かな？

悲鳴を上げて逃《に》げるべきだという気がした。

だってうなじの毛がそそけ立っている。今も視線を感じているのに、どこにいるのかわからない。

物の怪が目の前にいても千歳には見えないし、包丁を構えていても階段から突き落とそうとしていても気づけないのだ。

――それってとても怖くないか？

でも、この物の怪がそんなことをするだろうか。

千歳は一度深呼吸した。

前から視線は感じていた。だが、物の怪はこれまでなにもしてこなかった。そして、初めて取った行動がこれだ。

高価そうな壺。おそらく千歳の全財産を掻《か》き集めてもとても買えない。物の怪が押さえてくれなければほぼ確実に壺は割れ、千歳が弁償《べんしょう》する羽目になっていた。

助けてもらっておいて怖《こわ》がるなんて、理不尽《りふじん》だよね？

千歳は知っている。悪いことなどなにもしていないのに責められる憤《いきどお》りを。

苦い笑《え》みを浮かべると、千歳はまたふらつかないよう壁《かべ》に手を突き、立ち上がった。

「あの」

物の怪がいるような気がする方向に向かって、深々と頭を下げる。

「どなたか存じませんが、壺を救ってくださってありがとうございます」

返事はない。部屋の中は静まり返っている。

「ご挨拶《あいさつ》が遅《おく》れましたが、昨日からこの屋敷《やしき》の管理を任されております、千歳と申します。これからもお騒《さわ》がせすると思いますが、ご寛恕《かんじょ》ください。これからよろしくお願いいたします」

もう一度ぺこりと頭を下げた刹那、足になにかが触《ふ》れ、千歳は硬直《こうちょく》した。

——今のは、しっぽ……!?

返事代わりなのだろう、するりと足首を撫《な》でた感触《かんしょく》は官能的なまでになめらかだった。

——雪のような　白い　毛並み。ふわふわとしていて　雲のような
なにも見えなかったしどんな色をしているかなんてわからなかったが、理想の毛並みが脳裏《のうり》

に浮かんだ。今のしっぽは、千歳が思い描《えが》いていた通りの――いや、それ以上の感触だった。物の怪はしっぽを持つ獣《けもの》なのだ。

掃除の続きをしつつ、千歳は味わったばかりの膚触《はだざわ》りを頭の中で繰《く》り返し反芻《はんすう》する。すごく素敵だった。

当初の恐怖は、足首を撫でられた快感に押しやられ、すっかり忘れ去られている。作業を終えた時にはもう、お天道《てんとう》さまが真上を過ぎていた。掃除道具を廊下《ろうか》に出し、千歳は鼻歌を歌いながら開け放した窓を閉めてゆく。

庭に降り積もった雪が陽光を反射してきらきらと光っていた。目が痛いほど眩《まぶ》しかったが、千歳はこれで最後というところでいきなり目を細め窓から身を乗り出した。

鉄門の前に、誰《だれ》かが蹲《うずくま》っているのが見えた。

いや、踏《ふ》み躙《にじ》られた雪でドロドロになった通りに這《は》いつくばり、なにか拾い集めている。獣の腹部だけがやけに大きい。身重なのだ。

急いで窓を閉め、千歳は部屋を飛び出した。屋敷の中を駆《か》け抜け外套《がいとう》と鍵束《かぎたば》だけを取って正面玄関《げんかん》の扉《とびら》を開ける。

「こっちも雪かき、しておくべきだった……！」

あたたかな陽射《ひざ》しに溶《と》けかけた雪を蹴散《けち》らし、外套の袖《そで》に腕《うで》を通しながらアプローチを抜けた。

「大丈夫《だいじょうぶ》、ですか？」

息を弾《はず》ませ話し掛《か》けると、しゃがみ込んでいた獣が顔を上げてなにか言おうとし——躊躇《ためら》う。

襟《えり》巻《ま》きで頭を隠《かく》すのを忘れたのに気づき、千歳ははっとした。

だが、彼女は顔を顰《しか》めたりせず、千歳にぎこちないとはいえ笑みを向けてくれた。

「リンゴを落としてしまって……」

門の傍《そば》、まだ汚《よご》れていない雪の上に買い物籠《かご》が置いてある。どうやら落ちたリンゴを拾おうとした拍子《ひょうし》に中身が雪崩《なだれ》を起こしたらしい。

「僕が拾います。立てますか？」

「ありがとう……」

よほど困っていたのだろう、獣の目が潤《うる》む。

手を貸して立たせてやった獣は、雌《めす》にしては長身だった。着物に割烹着《かっぽうぎ》を重ね、毛織の角巻きをかぶっている。しっぽは厚着の下に隠れ見えなかったが、ぴるぴると震《ふる》えている耳は菱形《ひしがた》だった。

「ごめんなさいね。このお腹《なか》だから、なかなか思うように動けなくて」

千歳は転がっていたリンゴや野菜を拾い集め、綺麗な雪で汚れを拭《ぬぐ》ってから買い物籠に戻《もど》す。

「気にしないでください。僕は千歳。このお屋敷で管理人をしているんです。お姉さんはどちらまで行かれるんですか？　送ります」

千歳が重い買い物籠を腰《こし》を反らせるようにして両手で持ち上げると、獣は弱々しく首を振《ふ》った。

「でも悪いわ……」

「ちょうどお昼ご飯を買いに出ようと思っていたところだったんです。でも、帝都《ていと》に出てきたばかりで、なんのお店がどこにあるのかもわからなくて。よかったらおすすめのお店を教えてもらえませんか？　代わりに荷物、持たせてください。もちろん、お厭《いや》でなければですが」

よく考えたら、ヒトにこんなことを申し出られても迷惑《めいわく》だったかもしれない。そう気づいた千歳の声から急速に力が抜けてゆく。

菱形の耳が立ち上がり、潤んだ瞳《ひとみ》が千歳を映した。

じいっと見つめられ、千歳はなんとなく目を逸《そ》らす。

断られると思ったのに、彼女は申し訳なさそうに千歳の親切を受け入れてくれた。

「じゃあ、お願いしようかしら？　あたしは羽菜《はな》。夫がこの先の市で古着屋を出していて、弁当を届けに行く途中《とちゅう》だったんです」

「お名前、羽菜さんっておっしゃるんですか？　僕、花屋を出したいと思っているんです。ちょっと面白《おもしろ》い偶然《ぐうぜん》ですね」

「まあ、じゃああたしたちは会うべくして会ったのかしら」

羽菜は明るく感じのいい獣だった。米屋においしい総菜屋、帝都一の葛餅《くずもち》屋などについて教えてくれる。やがて見えてきた市は祭りでもないのに随分《ずいぶん》と賑《にぎ》やかだった。八幡《はちまん》さまの参道に沿って広がっているらしく、交差する路地にまで汁粉《しるこ》屋や蕎麦《そば》屋の屋台がぎっしり並んでいる。古道具や笊《ざる》を売っている露店《ろてん》もあった。どことなく小奇麗《こぎれい》なのは、大きな屋敷が多い土地柄《とちがら》のせいだろうか。人波の中には警邏《けいら》する巡査《じゅんさ》の姿も見える。

「おまえさん」

羽菜が小走りに駆け寄ったのは、大きな敷《し》き布の上にぎっしりと着物を並べた古着屋だった。羽菜も大柄《おおがら》だが、店番をしていた雄《おす》はもっと大きく、見上げるようだ。左右のこめかみから張り出した巨大《きょだい》な角に目玉商品らしい華《はな》やかな振袖《ふりそで》をぶら下げている。いかにも古着らしい着物の上に前掛けを締《し》めた軀《からだ》は相撲《すもう》取りかと思うほど体格がよかったが、顔立ちは柔和《にゅうわ》で糸のように細い目が優《やさ》しそうだった。

「遅《おそ》かったな、羽菜」

雄はそっと羽菜を抱擁《ほうよう》し、千歳へと目を向けた。獣耳がないのに気づいたのか細い目がほんの少し見開かれたが、それだけだ。

「道中難儀《なんぎ》していたら、この方が手を貸してくれた上に送ってくれたの」

「それはまた」

雄がゆっくりとした動作で頭を下げる。角から下がった振袖が大きく揺《ゆ》れた。

「ありがとう。僕は釉厳《ゆうげん》だ」

「千歳です」

買い物籠を受け取った釉巌が、羽菜の手を取って箱形の小さな椅子《いす》に座らせる。

「身重なんだ、そろそろ雪の中、ここまで通うのは諦《あきら》めた方がいいんじゃないかな？」

「あたしが来ないと手が足りないのに馬鹿《ばか》言わないで。それより、千歳さんは花屋を出そうと思ってるんですって。でも帝都に出てきたばかりでどうしたらいいかわからないらしいの。相談に乗ってあげて？」

「うーん、花屋か。花なんてその辺に咲《さ》いているのを摘《つ》んでくれれば事足りてしまうし、商売にはならないんじゃないかなあ」

「冬でも、ですか？」

千歳は胸の前で両手を握《にぎ》り合わせた。

「千歳くん？　なにを――――！」

目を瞑《つむ》って集中する千歳に釉巌が怪訝《けげん》そうな声を発したのと同時に、ポンという軽快な音が生じる。額の高さに突如《とつじょ》として出現した花に、糸のように細かった釉巌の目が見開かれた。

「今のは――魔法《まほう》かい!?　凄《すご》い。ヒトが魔法を使うところを見たのは初めてだよ」

少しの間の後落ちてきた花を掌《てのひら》で受け止めると、ふわりと優しい香《かお》りが広がる。

「これ、僕が使える唯一《ゆいいつ》の魔法なんです。よかったらどうぞ」

千歳は一本だけ現れた花を、羽菜へと差し出した。

「えっ、いいの?」

「お近づきのしるしです」

恐る恐ると受け取った羽菜の頰《ほお》が嬉《うれ》しそうに紅潮する。

「綺麗《きれい》ねえ。それに、とってもいいにおい。これは、なんていう花なの?」

千歳が生み出した花は淡《あわ》い桃色《ももいろ》のはなびらが幾重《いくえ》にも重なり合い巻いていた。

「薔薇《ばら》です。外《と》つ国の、夏の花」

「薔薇……」

羽菜がうっとりと呟《つぶや》く。釉厳は興奮していた。

「好きな花を季節に関係なく出せるのかい? 確かにこれなら商売になる」

「絵姿を見たことがなければ出せませんし、数に限りがあるんですけれどね。釉厳さん、お花、髪《かみ》に挿《さ》してあげたらいかがですか? 羽菜さんは美人ですから、きっと似合いますよ」

「えっ」

羽菜を見下ろした釉厳の顔が一瞬《いっしゅん》で真っ赤になった。

「いや、僕はその、そういうのは……」

「あら、いいわね。おまえさん、お願い」

「う……」

ちろりと千歳を睨《にら》んだもののつがいの期待に満ちた視線には抗《あらが》えず、釉厳はおずおずと花を

受け取った。澄《す》まし顔で座りなおした羽菜に向かって大きな軀を不器用に屈《かが》め、束髪《そくはつ》が崩《くず》れないよう慎重《しんちょう》に耳の上に挿してやる。

「うふふ、ありがとう。どう？　似合う？」

釉巌が羽菜の耳元に顔を寄せ、なにやらぼそぼそと呟いた。二匹《ひき》とも耳をせわしなく動かしているのは、照れているせいだろう。

なんとも仲睦《なかむつ》まじい光景に千歳の口元にも小さな笑《え》みが浮かぶ。千歳の両親もいくつになっても熱々で、見ているこっちがいたたまれないくらいだった。

――父さんと母さん、もう南の村についたかな。

そんなことを考えていると、弁当とリンゴ二つを持った釉巌が立ち上がる。

「これから僕は弁当の時間なんだけど、一緒《いっしょ》にどうだい？　羽菜が世話になった礼に、蕎麦でも奢《おご》らせてくれ」

世話といっても、荷物を持って送ってきただけだ。それくらいで奢ってもらっては逆に申し訳ない。千歳は首を振って遠慮しようとした。

「僕、そんなつもりは」

「ないのはわかっているよ。これは僕の気持ちだ」

釉巌が鳥居に向かってのしのしと歩きだす。千歳がついてこないかもしれないとは、微塵《みじん》も思っていないようだ。躊躇いつつも後を追うと、釉巌は屋台の一つで蕎麦を買い、境内《けいだい》に抜《ぬ》けた。古びた社の横手に回ると、千歳の両脇《りょうわき》に手を差し入れひょいと濡《ぬ》れ縁《えん》に乗せる。

「千歳くんは軽いなあ」

「そんなことないです。釉厳さんが大き過ぎるんです」

「はは、僕たちはヘラジカ——鹿《しか》の中でも大きい種族だからね」

獣《けもの》たちはつがいの相手に同じ種族の者を選ぶことが多い。角こそなかったが、大柄な羽菜もヘラジカなのだろう。釉厳が隣《となり》に腰《こし》掛け弁当の包みを開いたのを見て、千歳も箸《はし》を手に取った。もらった蕎麦の器《うつわ》を膝《ひざ》の上に抱《かか》える。

市からさして離《はな》れていないのに、人の気配がまるでなくて落ち着く。社のまわりには雪を冠《かん》した鎮守《ちんじゅ》の森が広がっており、時折梢《こずえ》から雪が落ちるどさりという音が聞こえた。

「さて、もし千歳くんがこの市で花屋を開くつもりがあるなら、色々力になれると思うよ。ちょうど僕の店の近くに郷里に帰るっていう獣もいる。顔役にあの場所が欲しいって話を通しておこうか？」

普通《ふつう》に話を進めようとする釉厳に、千歳は少し焦《あせ》った。

「ありがとうございます。でも、あの、大丈夫《だいじょうぶ》だと思いますか？」

「大丈夫って、どうして？」

「獣が獣化できなくなったのはヒトの血で穢《けが》されたせいだという迷信《めいしん》があるでしょう？　ヒトを嫌《きら》って店を荒《あ》らすような獣がいるなら商売なんかできませんから」

なんの根拠《こんきょ》もない言いがかりもいいところであるのにも拘《かか》わらず、この話は獣たちの間に広く流布《るふ》していた。魔法のおかげで普通の獣より豊かな暮らしをしているヒトへのやっかみもあるのだろう。穢れだとヒトを排斥《はいせき》しようとする空気は根強い。

「うーん、気にしない獣が多いと思うけど……ヒトなんて滅多《めった》に見ないからなあ。実際に店を出したらどうなるかはわからないな」

釉巌や羽菜のようにヒトだからといって気にしない獣もたくさんいる。だが、南の町では、千歳が自分で店を出すなど考えられなかった。

実際に店を出してみないことにはわからないかと千歳が覚悟《かくご》を決めようとした時、千歳の拳《こぶし》ほどもある大きな芋《いも》を口に放り込んだ釉巌がもごもごと言った。

「そうだ、千歳くん、しばらくの間、僕の店を手伝ってみないか？」

千歳は釉巌を見つめた。

遠く、小鳥たちが唄《うた》う声が聞こえる。

「羽菜はもう産み月だし、ずっと考えていたんだ。忙《いそが》しい時間だけでも誰《だれ》か雇《やと》った方がいいんじゃないかって。働いてみれば周囲の反応もわかるし、やっていけそうか判断できるだろう？生まれるまでの短い期間だけだけど、それで大丈夫そうなら顔役に話を通してあげよう。周りの店の主《あるじ》にも紹介《しょうかい》するよ。きっと皆《みな》、知恵《ちえ》を貸してくれる」

——なんていい獣なんだろう。

釉厳と千歳は今日、たまたま知り合っただけの他人だ。少し親切にしただけで、信用するにたるかどうかなんてわからない。ましてや千歳はヒトだ。

千歳がヒトだということを気にしない獣ももちろんいる。だが、帝都《ていと》に来た早々こんなにも親切な獣に出会えるとは思っていなかった。自分はなんて幸運なんだろう。

千歳は蕎麦《そば》の器を脇《わき》に置くと、軀をねじって頭を下げた。

「いいんですか？　ぜひお願いしたいです。もし、問題がありそうでしたらすぐ辞《や》めますので、それまでどうかよろしくお願いします」

ヒトに見える千歳を雇ったせいで釉厳たちに迷惑《めいわく》が掛《か》かってはいけない。千歳にとっては当然の配慮《はいりょ》なのに、釉厳は眉間《みけん》に皺《しわ》を寄せた。

「こちらこそよろしく。助かるよ」

そう言ってただでさえ細い目をますます細くすると、釉厳はリンゴを一つわけてくれた。

食事を済ませ器を店に返すと、千歳はその足で伊織の家へと向かった。昨日の今日でやってきた千歳にリツは驚《おどろ》いたものの愛想《あいそ》よく迎《むか》え入れてくれる。伊織は不在だったが、夕刻には帰宅した。

からからと格子戸《こうしど》の開く音に席を立ったリツに千歳もついてゆく。

「おかえりなさい、伊織さん」

「ただいま、リツさん。——と、千歳くん？　どうしたのかな？」

持っていた鞄《かばん》をリツに渡《わた》したところで、伊織が千歳に気がつく。ひくりと緊張《きんちょう》した黒い耳から、千歳は伊織がこの事態を予期していたことを確信した。

千歳が切り出すより先に、リツが弾《はず》んだ声を上げる。

「千歳さんがね、八幡《はちまん》さまの露店《ろてん》でお仕事を見つけたんですって」

「もうかい？　来たばかりなんだから少しは観光とかすればいいのに。大人しそうに見えて意外としっかりしてるんだねえ」

「わざわざ伊織さんに報告しにいらしたの。古着屋さんなんですって。今度一緒にお買い物に行きましょう？」

「そうだね。ああ、お土産《みやげ》にカステラを買って来たんだ。お茶を淹《い》れてくれるかな」

差し出された包みを、リツは嬉《うれ》しそうに受け取った。

「ありがとう、伊織さん。すぐ切ってくるわね」

ぱたぱたという足音が建物の奥へと消えてゆく。靴《くつ》を脱《ぬ》ぐと、伊織はしなやかな指でネクタイを緩《ゆる》めつつ自室へと歩き出した。千歳もその後についてゆく。

「どうだい、屋敷《やしき》で一晩過ごしてみた感想は」

「なにか出ました。目には見えない物の怪《け》が」

伊織の足が止まる。振《ふ》り返った伊織の青い双眸《そうぼう》は瞳孔《どうこう》が細くなっていた。

「――もう？」

「やっぱり知っていたんですね、物の怪がいるって。黙《だま》っているなんて酷《ひど》いです」

再び歩き出した伊織の唇《くちびる》は隠《かく》しようもなく緩んでいた。千歳の反応を面白《おもしろ》がっているとしか思えない。

「ははは、ごめんごめん。普通は出てくるまで一ヵ月は掛かるんだよ。鈍《にぶ》くて気がつかない獣もいるしね。それならその方が幸せかなって」

「幸せなわけありません。あれはなんなんですか？　物の怪？　幽霊《ゆうれい》？　あんなところに住んでいて、僕、祟《たた》られたりしませんか？」

情報を引き出すため、大袈裟《おおげさ》に言ってみる。そうしたら急に大きくなった声が廊下《ろうか》に反響《はんきょう》した。

「あの方は祟ったりしない」

千歳は驚いた。いつもにこにこしている伊織が真顔になっている。まるで大好きな獣を貶《おとし》められたかのように。

一つ息を吐《は》くと、伊織は唇の両端《りょうたん》を引き上げた。いつもと同じ穏《おだ》やかな笑《え》みなのに、目が笑っていない。眼差《まなざ》しの冷ややかさに背筋が寒くなる。

「――君がいけないことをしない限り、なにも怖《こわ》いことなんてないよ。びっくりさせて悪かったね。お詫《わ》びに、好きなだけカステラを食べておいきよ。ああそうだ、お寿司《すし》も取ろうか。特上でいいかい？　若いんだから二人前くらい食べるかな？」

「お寿司……」

滅多に食べられないご馳走《ちそう》に口の中に唾《つば》が湧《わ》く。だが、そんなもので誤魔化《ごまか》されるわけにはいかない。

「リツさん、悪いけれど出前を――」

「待ってください。その前に教えてください。伊織さんはあれの正体を知っているんでしょう？　あれは、なんなんですか？　教えてくださらないなら、管理人のお仕事はもうお引き受けできません」

眦《まなじり》が僅《わず》かに吊《つ》り上がった目に見据《みす》えられ、千歳は思わず後退《あとずさ》りそうになった。

「あれは物の怪でも幽霊でもない。ただの獣《けもの》だよ」

「どうしてただの獣が消えたりできるんですか？」

「魔《ま》法《ほう》を掛けられているからじゃないかな。おっと、どんな魔法かって聞かれても知らないよ。私が言えるのは、ある高名な魔法使いが関わっているってことぐらいだ」

「そんなあやふやな返事じゃ納得《なっとく》できません」

「では給金を上げよう。いくら払《はら》えばあそこに住み続けてくれる？」

考えてもいなかった方向に話が飛び、千歳はぎょっとした。

「お金の問題じゃ……」

「では、残念だけれど、典磨から連絡《れんらく》が来たら私はこう伝えなければならないねえ。君の息子《むすこ》は私の手には負えないと」

千歳は棒立ちになった。そんな連絡を受けたら両親がどれだけ心配するだろう。

――脅《おど》してでも僕をあの屋敷にいさせたいんだ。でも――なぜだ？

伊織が千歳の肩《かた》を摑《つか》み、耳元に唇を寄せる。

「これから住む場所を探すのは大変だろう？　私の頼《たの》みを聞いておくれよ。なんなら花屋出店の支援《しえん》をしてあげてもいい」

「伊織さん、千歳さん、お紅茶が入りましたよ」

リツの声が廊下の奥から聞こえてくる。伊織がぽんと手を叩《たた》いた。

「ああでも、どうしても厭《いや》だって言うなら、ふんじばって屋敷に放り込めばいいか。帝都に他《ほか》に身よりがないって便利だよね」

無邪気《むじゃき》な笑顔に膚《はだ》が粟立《あわだ》つ。伊織の目は本気だった。

「ふふ、冗談《じょうだん》だよ。でも、これからもよろしく頼むね、千歳くん。さ、カステラを食べに行こう」

目を細め、伊織が微笑む。

千歳には頷《うなず》くより他ない。

＋　＋　＋

「でも、管理人を辞《や》めなければいいんですよね」

屋敷に戻《もど》ると千歳はまっすぐ使用人のフロアにある事務室に向かった。

雑多な書類が残されている引き出しを次々に開け中身を検《あらた》める。古い出納《すいとう》帳や伝票綴《つづ》りはぱらぱらとめくっただけで元に戻し、木製の硝子戸《ガラスど》つき本棚《ほんだな》から出てきた帝都《ていと》の地図はそのまま懐《ふところ》に入れた。

この屋敷に住んでいる物の怪について伊織は多くを語ってくれなかった。かくなる上は魔法を掛《か》けた張本人から聞き出そうと、千歳は『高名な魔法使い』の手掛かりを探している。

「――ない」

だが、事務室で発見した住所録にそれらしい名前はなかった。取引先なら記されているだろうと思ったのに、出てきたのは出入りの米屋や酒屋ばかりだ。

「高名な魔法使いとのやりとりだし、使用人には任せられないってこともあるかな……」

抜《ぬ》いた引き出しを元に戻すと、千歳は二階に上がった。主《あるじ》の部屋へ行き、革張《かわば》りの事務椅子《いす》に座ってみる。

「あ、これ欲しい……」

だが、包み込むような座り心地《ごこち》のよさを堪能《たんのう》している場合ではない。木の机の引き出しを次々に開け、手掛かりを探す。

「――あった……」

見つけ出したシンプルな名刺《めいし》を千歳は高く翳《かざ》した。印刷されているのは名前と住所のみ。肩書《かたがき》もなにもない。誰《だれ》かが魔法の値段をメモしてなければ魔法使いの名刺とは気づかなかっただろう。

そこには気が遠くなるような数字が並んでいた。

「魔法使いって、こんなに稼《かせ》ぐものなんだ」

自分はヒトとは違《ちが》うと、重々承知しているつもりだったのに、胃の辺りがちりちりしてきてしまい千歳は納得する。獣たちに嫉妬《しっと》されるわけだ、と。

「タカナシ、か」

どんなヒトなんだろう。いきなり行って、会ってくれるだろうか。住所は山の手、高名な魔法使いということは、屋敷も立派に違いない。

千歳のようなヒトもどきなど、門前払《もんぜんばら》いされてもおかしくない気がした。

捜索《そうさく》を始めた時の意気込みが縮んでゆく。急に己《おのれ》がちっぽけに感じられ、千歳は名刺を置いた。

——あの物の怪の正体がなんであれ、きっと僕は管理人を辞められない。

お金がないからだ。帝都には伊織以外、頼《たよ》りにできる獣もいない。仲違《なかたが》いしたら千歳は独りだ。

「僕、どうして魔法使いの連絡先なんか探していたんだろう」

見つけ出したところで意味などなかった。

「変だな。興味津々《きょうみしんしん》だったはずなのに、本物の魔法使いに会うことを想像しただけで、腹を下しそうだ」

体重を掛けられた背《せ》もたれがぎしりと軋《きし》む。仰《の》け反らせた頭を背もたれに乗せ、千歳は天《てん》井《じょう》を見上げた。

多分千歳がヒトならば、あるいは獣ならば、屈託《くったく》なく押し掛けていけた。でも千歳はほんの少しヒトであるだけ。ヒトはこんな千歳をどんな目で見るんだろう。仲間？　それとも……まがい物？

「魔法が一つしか使えないんだから、まがい物、だよね」

千歳は名刺を手に取ると、そのまま元あった場所に戻した。引き出しを閉めたところで千歳のささやかな抵抗《ていこう》は幕を引いた。

＋　＋　＋

八幡《はちまん》さまの参道に立つ市は、午前中から賑《にぎ》やかだ。千歳は前掛けをきっちり締《し》め、古着屋の店頭に立っていた。

「ありがとうございました。またどうぞー」

幼獣《ようじゅう》用の小さな綿入れを買ってくれた客が雑踏《ざっとう》に紛《まぎ》れ見えなくなるまで見送る。それから背後を窺《うかが》い、紬厳の手が空いていると見て取ると、さっと露店《ろてん》の後ろに下がった。

「すみません、紬厳さん」

「大丈夫《だいじょうぶ》だよ。ごゆっくりどうぞ」

紬厳が千歳を必要とするのは、昼餉《ひるげ》や仕入れの買いつけで留守にしている間で、その他の時間は結構のんびりしている。もっとも、羽菜が市に来なくなってからわざわざ自宅に戻って昼餉を取ってくるので紬厳の昼休みは長い。

まだ昼には早いが、千歳は小さな椅子に座った紬厳の陰《かげ》に隠《かく》れるようにして持参した握《にぎ》り飯を頬張《ほおば》った。腹が減って仕方がない。紬厳がこれ見よがしに角に飾《かざ》っている花のせいだ。

古着屋で働き始めてから二週間が経《た》っていた。ちょうど一週間目から千歳は紬厳に頼んで、店番の傍《かたわ》ら花屋の宣伝をさせてもらっている。

瑞々《みずみず》しい花を一本、女ものの上等な着物を買った客におまけするのだ。いつか店を出した時には御贔屓《ごひいき》にという言葉を添《そ》えて。

冬場にいかにも高価そうな花のおまけは大好評で、古着屋の売り上げは鰻登《うなぎのぼ》りだった。連日予想を上回る数の花が必要となりちょこちょこ追加で出しているため、千歳は常に腹を減らしている。

魔法《まほう》を使うと腹が減るのだ。

傍《はた》から見れば花を出すくらい造作もないように見えるかもしれないが、魔法には様々な制約があった。

魔力が尽《つ》きたらその日の魔法はお終《しま》いだ。どうやら一度にたくさん作ってしまう方がちょこまか作るより魔力的に効率がいいらしいが、それでも大した量は作れない。食事をすればじわじわと魔力量が回復してゆくが、胃の小さな千歳が翌日までに使用した魔力を全回復するためには客の切れ目をみてはせっせと持参した握り飯を腹に詰《つ》め込まねば間に合わない。

握り飯を二個平らげたところで、目の前に湯気の立つ器《うつわ》が差し出された。

「おでん屋さん……」

「おう、千歳。客あしらいが板についてきたじゃねえか」

釉蔵と背中合わせに座った千歳の前にしゃがみ込んだのは、年季の入った着物の上に前掛けを締めた強面《こわもて》だった。禿頭《はげあたま》で全身にがっちりとした筋肉がついている上に目つきも悪く、凄《すご》むとその筋の獣《けもの》にしか見えないが、実は釉厳と仲がよく、千歳の外見についても頓着《とんちゃく》しない。やもめで幼い一人娘《ひとりむすめ》をこよなく溺愛《できあい》しているらしい。

「ありがとうございます」

「いつも贔屓にしてもらってるからよ。さーびすだ」

できるだけ持参の握り飯で済ませようと思っているのだが我慢《がまん》できず、千歳はよくこのおでん屋のおでんを買っている。受け取った器には、味が染《し》みて茶色くなった大根に卵、じゃがいもにこんにゃくが入っていた。形が崩《くず》れてしまっているのはご愛敬《あいきょう》だ。

「助かります。──そうだ、おでん屋さん。タカナシっていう魔法使い、知ってますか？」

「ああ！　時々派手なことやって新聞に載《の》ってるからな。魔法使いの中でも一、二を争うほど腕《うで》がよくて、宮城にも出入りしてんだろう？」

「──本当に、高名な魔法使い、なんだ……」

「んなことよりよ、研《と》ぎ屋が、二番町の幽霊屋敷《ゆうれいやしき》から出てくる千歳を見たって言ってるんだが、本当か？」

千歳は早速《さっそく》じゃがいもを頬張りながら首を傾《かし》げた。

「いあんおうのううえいあいい……？」

「この辺りでは一番大きな屋敷だ。洋館で、華族《かぞく》さまの持ち物だって話だが、この数年誰も住んでいねえ」

「しかも、出るって話なんだよね」

その一言で自分の管理している屋敷のことだとわかった。

「あ、それなら本当です」

話に加わってきた釉厳に頷《うなず》いて見せ、千歳は卵を二つに割りつゆを染み込ませてから口に運んだ。黄身が溶《と》けてしまうが、どうせ後でつゆも飲み干すつもりなのでいい。

「……え」

「僕、そのお屋敷で住み込みの管理人をしてるんです」

おでん屋と釉厳の耳が同時にぴんと立った。

「なんだって……⁉」

千歳は結局だらだらと屋敷に住み続けていた。物の怪《け》が千歳に手を出す兆候はなかったし、働きながら部屋を探すのも面倒《めんどう》だ。無理して引っ越《こ》して、隣人《りんじん》がヒト嫌《ぎら》いだったりしたら目も当てられない。

――よく考えたら、今の屋敷ならご近所とつき合う必要もないんですよね……。

「『出る』って有名な話なんですか？」

「あ……ああ。新しい管理人が入ってもすぐ辞《や》めちまうんだ。中には最初から真面目《まじめ》に勤める気なんざなくて、金目のものを持ち出そうとした奴《やつ》もいたって話だが、幽霊に襲《おそ》われて失敗したらしい」

「へえ、怖《こわ》いな」

「他人事《ひとごと》のよーに言うなよ！」

おでん屋の渾身《こんしん》の突《つ》っ込みは目つきが悪いだけにすごい迫力《はくりょく》である。釉厳が心配そうに眉尻《まゆじり》を下げた。

「千歳くんは、幽霊？　の気配は感じたこと、ないのかな？」

「毎日感じてますけど、大丈夫みたいです」

二匹《ひき》の毛が逆立った。

「毎日って……！」

「屋敷にいる間中、僕を見ているみたいなんですよね。最初のうちは気持ち悪いから湯屋に通ったりしてましたが、だんだん面倒くさくなってきてしまって、今はあまり気にしてないです。寝顔《ねがお》を見られるのが厭《いや》だったんですけど、試《ため》しに寝ている間に部屋に入るのは止《や》めてくださいって言ったら遠慮《えんりょ》してくれましたし、服を脱《ぬ》げば消えてくれるってわかったので」

けろりとしている千歳と違《ちが》い、二匹の顔色は悪い。おでん屋がおもむろに千歳の肩《かた》に手を置いた。

「悪いことは言わねえ。おめえ、その屋敷を出た方がいい」

千歳は気弱に微笑《ほほえ》んだ。

「でも、そうしたら住む場所がなくなってしまうから」

「しばらくの間ならうちに来ても……」

「いいんですか？　でも、おでん屋さん、やもめなんですよね？　娘さんがいらっしゃるって聞きましたけど」

そしておでん屋が娘に近寄る雄《おす》は幼獣でも許さないという話も聞いている。

「うっ、あー、じゃあ、ここの護符《ごふ》は霊験《れいげん》あらたかだって言うから、貰《もら》って帰れ」

「お供えとかもした方がいいかもしれないねえ」

「お供えですか……」

伊織はただの獣だと言っていたが、なにを食べているのだろう。自分と同じ物を食べられるのだろうかなどと考えつつおでんのつゆを飲み干したところで、おでん屋に口端を拭《ぬぐ》われた。

「んっ」

「辛子《からし》ついてんぞ」

「ありがとうございます」

いつも娘さんにこうしているんだろうと素直《すなお》に解釈した千歳は気にしなかったが、釉厳が微《び》妙《みょう》な顔になる。

「紹介《しょうかい》した僕が言うのもなんだけど、千歳くんは物怖《ものお》じしないねえ。おでん屋、怖くないかい？　柄《がら》悪いし、厳《いか》ついし」

ああん？　と凄むおでん屋の顔は確かに凶悪《きょうあく》だ。だが、千歳にとっては問題ない。

「え、そうですか？　愛らしいと思いますけど」

「……愛らしい？」

そんなに耳を澄《す》まさずとも聞こえるだろうに二匹の耳がぴこんと立った。

「ええ、熱くなると細くて短いしっぽを高速でふりふりするところとかたまらないですよね。びっくりするとぴっと耳を揃《そろ》えるところとかも」

おでん屋が強面を赤くして両手で耳を押さえた。釉厳が目を逸《そ》らす。

「まあ、怖くないならいいんだ、うん……」

怖いなんてことがあるわけなかった。おでん屋は千歳がヒトだということをまるで気にしない。他《ほか》の獣と同じように扱《あつか》ってくれるのだから。

それからは客が次々に来て忙《いそが》しくなった。どこまで評判が広がったのか、こんな露店《ろてん》の古着屋には足を運びそうにない上品な若奥さまや女学生の集団まで来て、花屋はいつ開店するのかと急《せ》かされる。普段《ふだん》あまり売れず在庫がだぶついていた上物の着物が次々に売れ、釉厳はいつもより早い時間に店を閉めた。花も上物の着物もなくなってしまったのだ。

早く仕事が終わったので、護符を買って帰った。異常がないか屋敷内を見回ってから夕餉《ゆうげ》の支度《したく》をする。飯が炊《た》きあがると、千歳は先に握《にぎ》り飯を作って護符と一緒《いっしょ》に神棚《かみだな》に供えた。

「幽霊か物の怪か知りませんが、おかかのお結びお供えしますね。同じ建物に棲《す》んでいるんです、礼節を守って、お互《たが》いに気持ちよく暮らしていきましょう」

声に出して希望を述べ、柏手《かしわで》を打つ。効果があればいいなくらいの気持ちだったが、夕餉の後、部屋に戻《もど》ると、握り飯は影《かげ》も形もなくなっていた。

+　+　+

翌朝、千歳は朝餉を終えると、座卓《ざたく》の前に座ったまま両手を胸の前で組み合わせた。集中してしばらくすると、ポンという音と共に花が落ちてくる。大輪の白百合《しらゆり》ばかり五輪を花束に纏《まと》めると、千歳は大事に抱《かか》えて伊織宅に出向いた。週に一度、古着屋が休みの日は手土産《てみやげ》を持って伊織宅を訪《おとず》れるのが帝都《ていと》に来てからできた千歳の習慣だ。

伊織は不在だったが、リツが両親からの手紙はまだ届いていないと教えてくれた。

仕方なく、花を渡《わた》して辞去する。

――いい加減、来てもよさそうな頃なのに。

毎晩夕餉をしたためながら書き足しているせいで、両親への手紙は結構な長さに達していた。

帝都の雪深さに、勤めている屋敷の怪異《かいい》。出会った獣《けもの》たちそれぞれの毛並みの品評――。伝えたいことは日ごとに増えてゆく。これ以上重くなる前に発送したいが、宛先《あてさき》がわからなければ手紙が出せない。

――なんだか心配になってきた。もうちょっと待って手紙がこなければ、捜《さが》しに行こうかな。どう倹約《けんやく》して旅費を捻出《ねんしゅつ》しようか考えながら帰宅すると、千歳は途中《とちゅう》で買ってきた大福を一つ神棚にお供えし、寝間《ねま》で洗濯物《せんたくもの》を集め始めた。

茶の間で小さな物音がする。また例の見えない誰《だれ》かがきたのだろう。

中腰《ちゅうごし》になって細く開いていた襖《ふすま》の隙間《すきま》から茶の間を覗《のぞ》いてみる。どうせなにも見えないだろうと思っていたのだが、見慣れない生き物が箪笥《たんす》の上にいた。それは、帝都に来た初日に見た天子さまの像と似ていた。

――純血種？

何度目を擦《こす》っても消えない。間違《まちが》いない、なによりも貴《とうと》く高貴な存在がほんの数歩踏《ふ》み込めば手が届く距離《きょり》にいる。

全身を黒い斑点《はんてん》の散った白い被毛《ひもう》に覆《おお》われた純血種は、片方の前肢《まえあし》だけ空中に差し出した危なっかしい体勢で静止していた。翠石《エメラルド》のような瞳《ひとみ》はじっと神棚を見つめている。その首には首輪のようなものが巻かれており、立方体の飾《かざ》りが飴色《あめいろ》の光を放っていた。

前肢が中空で頼《たよ》りなく揺《ゆ》らぐ。

それから意を決したようにしなやかな軀《からだ》が前へと傾《かし》ぎ――千歳はそのまま落下するのではな

いかと息を呑《の》んだ——前肢を神棚へと着地させた。後肢は箪笥の上に残したまま大福を口にくわえ、畳《たたみ》の上へと飛び降りる。

前肢で押さえ大福を食いちぎろうとするも、餅《もち》が伸《の》びて思うようにいかない。できたての大福の皮はやわらかくておいしいが、そこが逆に白い獣にとっては食べにくかったようだ。それでも耳をぴくぴくさせ夢中になって大福を食べようと奮闘《ふんとう》する様子は途方《とほう》もなく愛らしく、千歳は思わず両手で口元を押さえた。

これも護符のご利益だろうか。

——八幡《はちまん》さま、夢を叶《かな》えてくださって、ありがとうございます……!

白い獣は苦労しつつも大福を食べ終わると、前肢でつるりと顔を洗って姿を消した。——文字通り、空気に溶《と》けるように消失したのだ。

千歳が同居していた物の怪は純血種だった。

この瞬間《しゅんかん》、豪壮《ごうそう》ではあるがどこか鬱々《うつうつ》とした空気を纏っているように思われた屋敷《やしき》が、楽園へと変貌《へんぼう》を遂《と》げた。

——すごく綺麗《きれい》な毛並みだった。

——雪のような　白い　毛並み。ふわふわとしていて　雲のような

――触《さわ》ってみたい。

抗《あらが》いがたい衝動《しょうどう》が千歳の中で膨《ふく》れ上がる。あのもっふりとしたしっぽのつけ根から先まで、掌《てのひら》の中で滑《すべ》らせたい。腹毛に顔を埋《うず》めて、両手でわっしゃわっしゃと全身を掻《か》き回したい。

千歳は己《おのれ》の両掌を見つめた。

大福を食べられるなら、千歳が触ることもできるはずだった。問題はあの白い獣がそれを許してくれるかどうかだ。

＋　＋　＋

ちらちらと粉雪が降る中、小さな椅子《いす》に座った千歳は赤くなった手に息を吹《ふ》き掛《か》けた。

もう陽《ひ》は沈《しず》んでいた。

いつもなら日没《にちぼつ》と同時に店じまいするのだが、ちょっとした会合があるからと出掛けて行った釉巌が帰ってこない。先に帰るわけにもいかず、千歳はすぐ店を畳《たた》めるよう準備を済ませ釉巌を待っていた。

頭の中はあの白い獣のことでいっぱいだ。

白い獣は千歳が神棚に食べ物を供えて茶の間を出ると必ず現れるようになっていた。無理せずとも神棚に届く位置にずらした箪笥を駆《か》け上り、握り飯や漬物《つけもの》をしっぽの先を忙《いそが》しく動かしながらはぐはぐと平らげる。

具によって好き嫌《きら》いがあるらしく、少し濃《こ》いめに味をつけたおかかや昆布《こんぶ》の佃煮《つくだに》の握り飯ならそれはもうすごい勢いで食べるのに、梅干しだと鼻を近づけにおいを嗅《か》いだ瞬間、動きが止まる。だが、残しはしない。箪笥の上にうずくまり、少しずつ少しずつ齧《かじ》ってゆく。酸《す》っぱい梅干しに到達《とうたつ》した途端《とたん》にしっぽをぶわっと膨らませるのがなんとも愉快《ゆかい》で、千歳は梅干しを握り飯に仕込むのをやめられずにいた。

「おい、大丈夫《だいじょうぶ》か？」

「おでん屋さん……？　別に、大丈夫ですが、なんですか？」

健康に問題はない。寒さから逃《のが》れるため、襟巻《えりま》きでぐるぐる巻きにされた頭を傾げるとおでん屋が顔を顰《しか》める。

「本当か？　最近おめえ、ぼーっとしていることが多いぞ」

「あー……」

自覚がなくもなかった。最近、寝ても覚めても白い獣のことを考えている。仕方がない。あの艶《つや》やかな毛並みを想《おも》うだけで春風に煽《あお》られた桜のはなびらのように心が舞《ま》い上がってしまうのだから。

──ああ、あの獣に触《ふ》れられたなら、どんなに幸せな気分になれるだろう。

「あのよ」

そわそわとしているおでん屋に、千歳は首を傾げた。

「はい？」

「護符《ごふ》、もらったのか？」

「はい」

「目に見えないアレ、どうなった……？」

白い獣の姿を思い浮《う》かべた千歳の顔に幸せそうな微笑《びしょう》が浮かぶ。なんとも締《し》まりのない表情に、おでん屋が蒼褪《あおざ》めた。

「まさか、取り憑《つ》かれてしまったんじゃねえだろうなあ⁉　お祓《はら》い、連れてってやろうか？」

「いいです。別に取り憑かれてませんし」

「じゃあなんでそんな酔っ払《ぱら》いみたいになってんだ」

確かに酔《よ》っ払いみたいだった。こんなことは初めてだ。幸福な気分がずっと持続している。

朝から晩まで雲の上をスキップしているような気分だ。

「すごく素敵《すてき》なしっぽの持ち主に出会ってしまったから、でしょうか」

「……恋《こい》か！　おめえは、本当に獣毛《じゅうもう》が好きだな！」

心底呆《あき》れた風に言われ、千歳はぎくりとした。

「そんなことないと思いますけど」

「いーや。客にどんな美人が来てもおめえは、顔や胸じゃなく、耳やしっぽを見てる。それもうっとりした顔して」

自分の獣耳《けもみみ》としっぽへの執着《しゅうちゃく》が普通《ふつう》でない自覚は一応ある。隠しおおせていたつもりだった千歳は襟巻きを引き上げた。顔が熱かったからだ。きっと赤くなってしまっている。

——それにしても、恋、か……。

言われてみれば千歳の状態は恋煩《こいわずら》いに酷似《こくじ》していた。だが、片恋の相手は白い獣。正体不明で言葉も交《か》わせない。そもそも最も貴いと言われている獣と、穢《けが》れと蔑《さげす》まれているヒトなど、恋愛《れんあい》小説でもない組み合わせだろう。

それでも、もし許されるなら。

先刻までとは違う意味で躯が熱を帯びた。吐息が震える。夢を見そうになる。あんな綺麗な生き物をいつまでも眺《なが》めていられたら——なんて。

「ごめんごめん、遅《おそ》くなって。寒かっただろう？　はいこれ、お詫《わ》び。今日のは殊《こと》に甘いって言ってたよ」

ようやく戻《もど》ってきた釉厳は紙袋《かみぶくろ》を持っていた。差し出されて反射的に受け取ると、かじかんだ指に熱が染《し》みる。ほのかに香《かお》った甘いにおいは——

「焼き芋《いも》、ですか……？　お腹《なか》減ってたから嬉《うれ》しいです」

白い獣も甘いものが好きだ。喜ぶだろうと思うと千歳の口元も綻《ほころ》ぶ。

「お疲《つか》れ様。今日はもう帰っていいよ。明日《あした》もまたよろしくね」

「はい。お疲れ様です。おでん屋さんも、心配してくれてありがとう」

紙袋を懐《ふところ》に突《つ》っ込むと、千歳は歩き出した。千歳は目もウサギよりヒト寄りらしく夜目が利《き》かない。手伝いたくともガス灯のない参道では足手まといにしかならない。

早く、早く。帰ろう家へ。

美しい獣が千歳を待っている。正確には、千歳の供える食べ物を。

吐《は》く息が白い。冷え込みがきついが、千歳の足は浮き立つ心のまま、強く地を蹴る。

綺麗に雪かきされた街路を折れ通用門の前まで来ると、千歳は外套《がいとう》のポケットを探《さぐ》った。弾《はず》む息を整えつつ、見つけ出した鍵《かぎ》で門を開ける。小さく軋《きし》みつつ開かれた楽園への扉《とびら》をくぐろうとして、千歳は小さな悲鳴を上げた。後ろから襟巻《えりま》きを髪《かみ》ごと引っ張られたのだ。

「痛……っ」

夜目にも白い雪の上に繕《つくろ》い跡《あと》の残る襟巻きが落ちる。

聞き覚えのない粗野《そや》な声がすぐ傍《そば》で聞こえた。

「ほらヒトだ！　たまにゃ弟分の言うことも信用しろって」

「んなこと言われても、まさかヒトがこんな小汚《こぎたな》い身なりで街をうろついているとは思わねぇだろ」

こんなに寒いのに獣臭が鼻をついた。見知らぬ雄《おす》二匹《ひき》に挟《はさ》まれてしまったのに気づき、千歳は蒼褪める。

通用門のある裏路地は、表通りとは違《ちが》ってこの時間になるとほとんど獣通りがない。出入りする時には周囲に気を配らねば危険だと、わかっていたのに。

「僕はヒトじゃありません」

誤解を解こうとする千歳に、雄たちがゲラゲラ笑った。

「はは、冗談《じょうだん》はいいから兄ちゃん、早くおうちに入ろうぜ。寒くてたまらねえ」

「ついでに小遣《こづか》いくれねえか？」

「ま、厭《いや》だっつっても勝手にいただいてゆくけどな！」

開いたばかりの通用門の内側に引きずり込まれる。この獣たちは千歳がこの屋敷《やしき》の主《あるじ》だと思っているのだ。ヒトだから金持ちで、当然ひ弱で扱《あつか》いやすく、どんな酷《ひど》い扱いをしてもかまわない穢れだと。

――ヒトの姿に生まれついてしまっただけで、僕はお金なんてもっていないのに。

「鍵は――と、お、あった。どれどれ御開帳《ごかいちょう》～と」

勝手口まで連行され、勝手にポケットの中を探られる。

まずいと千歳は思った。この屋敷には銀器がある。それから主の宝石も。高価な装身具もだ。獣たちは千歳が綺麗《きれい》に掃除《そうじ》した空間に傍若無人《ぼうじゃくぶじん》に踏《ふ》み込むと、ご機嫌《きげん》でしっぽを振《ふ》りたくった。

いつもなら逆らわない。必要なら脅《おび》えた振りもして、おとなしく殴《なぐ》られておく。気が済めば彼らは千歳を解放する。プライドなんかどうだっていい。ほどほどの怪我《けが》で済み、両親や数少ない友達に累《るい》が及《およ》ばなければ。

だが、今回はそういうわけにはいかなかった。千歳には責任がある。なにか盗《ぬす》まれたり壊《こわ》されたりしたら、この仕事を紹介《しょうかい》してくれた伊織に迷惑《めいわく》が掛《か》かるだろう。たとえ無理矢理《むりやり》押しつけられたにせよ、千歳はここの管理人なのだ。

「おおすげえ。この屋敷寒くねえぞ」

「お宝はどこだ？　ああ？」

力任せに腕《うで》を引かれ、千歳は苦痛に顔を顰めた。

「やめてください。ここにはなにもありません。ここは空き家みたいなもので、僕は単なる管理人なんです」

「くだらねえ嘘《うそ》つくんじゃねえ。ヒトが管理人なんか、やるわけねえだろ。おら、行くぞ」

腕の骨がみしりと軋む。それでも屋敷の奥へと突き進もうとする獣たちを引き留めようと足を踏ん張ると、平手打ちが飛んできた。

獣は大抵力自慢《たいていちからじまん》で筋骨逞《たくま》しく、たかが平手と侮《あなど》れない。一発食《く》らっただけで千歳の視界は揺《ゆ》れ、すべてが混沌《こんとん》となった。

雄たちの粗野な声に、興奮した笑い声が重なる。

——はは、なんだこの臭《くさ》い花は。こんなものを売る気か？　さすがは穢れだ。

——ヒトのくせに盾突《たてつ》くんじゃねえ。てめえは俺の言うことを聞いていればいいんだよ！

睫毛《まつげ》が震《ふる》え、虚《うつ》ろな瞳《ひとみ》に白い天井《てんじょう》が映る。一瞬《いっしゅん》意識が飛び、過去と現在がごっちゃになった。

大丈夫《だいじょうぶ》。父も母も帝都《ていと》にはいない。多少怪我をしたところで泣かれることはない。僕はもう少し頑張《がんば》れる。

でも、もう少しっていつまでなんだろう？　僕はいつまでこんな目に遭《あ》わされなきゃならないんだろう——？

悪漢たちの耳がぴくりと震えた。廊下《ろうか》の奥へ奥へと千歳を引きずっていた足も止まる。どうしたのかと尋《たず》ねる必要はなかった。千歳の耳にも聞こえたからだ。低い唸《うな》り声が。

まさかあの白い獣が来た——？

姿は見えないが、獣の気配が近づいてくる。悪漢たちは黙《だま》り、耳だけをひくつかせた。

ふっと唸り声が途絶《とだ》え、なにかが足下《あしもと》を通り過ぎる。

「ぎゃあっ！　兄貴、なんかいる……っ！　見えないけど、なにか今、足首んとこ通ってった！」

「うるせえっ」

一匹は浮《う》き足立ったが、もう一匹——兄貴分の方は、乱暴に千歳を突き飛ばした。

「う……っ」

壁《かべ》に軀《からだ》を打ちつけられた衝撃《しょうげき》に息が詰《つ》まる。もう腕を摑《つか》まれてはいないのに、くらくらして動けない。兄貴分が懐に隠《かく》し持っていたらしい匕首《あいくち》を抜《ぬ》き、なにもない空間を睨《にら》んだ。

緊迫《きんぱく》した空気。

誰《だれ》もが息を潜《ひそ》め、気配を探っている。

だが、すぐに事態は動いた。兄貴分がぎゃあっと無様な悲鳴を上げ、匕首を持った腕を振り回したのだ。

全員が目を瞠《みは》った。先刻まで影も形もなかった白い獣が兄貴分の太い右腕を四肢《しし》でしっかりと抱《かか》え込み、牙《きば》を立てていた。翠玉《すいぎょく》の瞳は氷のように冷ややかな色をたたえ、悪漢を映している。

「てめえ……っ」

馬鹿《ばか》みたいに腕を振っていた兄貴分が匕首を持っていない方の手を伸《の》ばすと白い獣はふっと搔《か》き消えた。牙を抜かれた嚙《か》み傷から血が迸《ほとばし》る。

「わああっ」

もう一匹も悲鳴を上げる。こちらは足を嚙まれたようだ。

「兄貴、逃《に》げよう。ここで盗みは無理だ。物の怪《け》がいるっ。それも、じゅ、じゅ、純血種の……

……！」

「ざけんなっ、ここまできて手ぶらで帰れっか！」

千歳の耳が兄貴分らしい雄の怒鳴《どな》り声と同時に、トンという壁を蹴《け》るような音を捉《とら》えた。いきなり空中に現れた白い獣《けもの》が兄貴分を押し倒《たお》す。

兄貴分の手から匕首が飛んだ。赤い口が開き、兄貴分の猪首《いくび》に牙が突き立てられる。喉《のど》はあらゆる獣の急所だ。兄貴分が痙攣《けいれん》し息絶えるさまが見えたような気がした。白い獣が本気だったらそういう結果になったろう。だが、実際には白い獣は脅《おど》しただけで、兄貴分の喉からは血さえ出なかった。

とはいえこの一撃は、押し込み強盗《ごうとう》たちの蛮勇《ばんゆう》を刈《か》り取ってくれたようだ。

兄貴分がうわあと叫《さけ》んで走りだす。慌《あわ》てて後を追う弟分を見送り、千歳は打ちつけられて鈍《にぶ》く痛む後頭部に片手を当てた。壁に沿ってずるずると座り込む。

「壁を拭《ふ》かなきゃ……」

ところどころに赤が飛んでいる。早くしないと落ちにくくなると思うものの動けない。へたり込んでいると小さな物音が聞こえた。

千歳の部屋へと続く扉《とびら》だ。ちゃんと閉めて出て行ったはずなのに、ゆっくりと開いてゆく。細い隙間《すきま》から現れたのは白い獣だった。口にくわえているのは、お供えを載《の》せるのに使っている皿だ。白い獣はしっぽを高々と掲《かか》げ憤然《ふんぜん》とした足取りで千歳の前まで来ると、皿を置いた。お座りしてしっぽの先で、たしたしたしたしっ、たしたしたしたしっと高速で床《ゆか》を叩《たた》く。

千歳は噴《ふ》き出してしまった。あんなことがあった後なのに、飯をよこせと、白い獣は催促《さいそく》しているのだ。

「そう、ですよ、ね。この時間ですし、お腹《なか》、減りますよね。遅《おそ》くなってすみません。すぐご飯を炊《た》きますね。焼き芋《いも》もありますけれど、先に食べますか？」

懐《ふところ》の焼き芋はまだあたたかい。床の皿を拾い、千歳はふらふらと厨《くりや》へ向かう。調理台に皿を置き、新しい皿を二枚出すと、千歳は丸椅子《まるいす》に腰掛《こしか》けた。ぱりぱり音を立てつつ茶色い紙袋《かみぶくろ》を取り出し、震える指で甘いにおいを放つ芋を二つに割る。そうしたら白い獣が千歳の膝《ひざ》に飛び乗り、芋に鼻を寄せた。

心臓が、壊れるかと思った。

凄《すご》い。獣化した純血種が膝の上にいる。衝撃的な展開に、塞《せ》き止められていた血が巡《めぐ》り始めたかのように現実感が戻《もど》ってきた。あたたかな重みが幸せ過ぎて、気が遠くなりそうだ。

白い獣が千歳を振り返り、優美に首を傾《かし》げる。心配そうな眼差《まなざ》しを向けられ、千歳は微笑《ほほえ》んでみせた。

「あいつらを追い払《はら》ってくださって、ありがとうございました」

白い獣の鼻に皺《しわ》が寄る。調理台の上に乗せていた千歳の手の甲《こう》に前肢《まえあし》が置かれた。

「気遣《きづか》ってくれるんですか？　ありがとうございます。でも僕は大丈夫です。こういうことには慣れていますから。ヒトを嫌《きら》う獣って意外と多いんです。でも、今回は怪我もしなくてすみました。あなたのおかげです」

多少の打ち身は怪我のうちには入らない。

心配しなくていいとわかるだろうと言っているのに、白い獣は溜息《ためいき》をつくと顎《あご》を千歳の肩《かた》に乗せた。千歳を抱《だ》き締《し》めようとするかのように。

長いしっぽがぽんぽんと千歳を叩く。ほんの一瞬、胃の腑《ふ》が熱くなるのを覚えたものの、千歳は黙殺《もくさつ》した。

——僕は傷ついてなんかいない。

——慰《なぐさ》めなんか、必要ない。

でも——少しだけ。

触《さわ》ってきたのは白い獣の方なのだからいいだろうと、千歳は獣に触《ふ》れた。想像していた以上に軽くなめらかな手触りに恍惚《こうこつ》とする。

「凄いです……気持ちいい……」

うっとりと呟《つぶや》くと、これ以上はいけないと知りつつ千歳はしっぽへと手を伸ばした。白い獣のしっぽは体格の割りに長く太かった。

気づかれないようそっと指先で触れた毛はふわふわだ。

やっぱり、理想そのものだ。

胸が高鳴る。強い酒でも飲んだかのように、陶然《とうぜん》としてしまう。本当に、恋《こい》でもしているか

のように。いいや、かのように、ではなく、しているのかもしれない。千歳は、この白い獣に、

――恋を。

――これ以上は駄目《だめ》だ。

理性の限界を覚え、千歳は白い獣をそっと膝の上から調理台の上へと下ろした。

「すぐ夕餉《ゆうげ》の支度《したく》に取り掛《か》かりますね」

米は朝、仕事に出掛ける前に浸《つ》けてあった。水加減もちょうどいい。立ち上がり、マッチを手に取る。勢いよく擦《こす》ると火薬のにおいが広がった。コンロに火をつけると、燃えさしを水の入った瓶《びん》に捨てる。

鰹節《かつおぶし》を削《けず》ったり味噌汁《みそしる》の具を刻んだりしていると、空腹に耐えられなくなった白い獣が焼き芋に鼻を寄せた。前肢で押さえ、不器用に皮をくわえて剥《は》ぎ取ろうとし始める。丸く転がりやすい芋を押さえるのが難しくてふるふるしている姿に千歳は目を細めた。この白い獣のなにもかもに心が癒《いや》される気がした。

なんとか半分ほど剝《む》けた皮の隙間から覗《のぞ》く黄金《こがね》色の身に食いつくや否《いな》やしっぽが膨《ふく》らむ。釉巌の言った通り、焼き芋は蕩《とろ》けるように甘かったようだ。

白い獣が焼き芋の攻略《こうりゃく》に熱中している間に夕餉の支度が終わり、千歳は白い獣の前にも自分の分と同じように食器を並べた。

今まで姿さえも現さなかった白い獣が、当たり前の顔をして椅子の上にお座りし、千歳のい

ただきますに合わせてひょこんと頭を下げる。前肢を卓上《たくじょう》に乗せ、熱いのも気にせずあぐあぐと食事に熱中する姿を、千歳は黙って眺《なが》めた。眺めているだけで幸せだった。

――この獣がヒト化したら、どんな姿になるんだろう。

とてつもない美形なのは間違《まちが》いない。髪《かみ》の色は白銀だろうか。衣裳《いしょう》部屋にあった華麗《かれい》な礼装がさぞかし似合うことだろう。

ぼーっとそんなことを夢想する千歳をよそに、獣はさっさと食事を終え、目の前で煙《けむり》のように消え失《う》せた。急に夢から醒《さ》めたような気持ちになった千歳はこうしてはいられないと、席を立った。これは是非《ぜひ》とも手紙に書かなければならないと。

＋　＋　＋

千歳が預かる屋敷《やしき》の二階には、そう広くないが図書室がある。部屋の中央にローテーブルとソファ、窓辺に安楽椅子が置かれている以外は書棚《しょだな》しかない部屋だ。

千歳は梯子《はしご》を使って天井《てんじょう》近い棚から大判の書物を抜《ぬ》くと、ソファに戻った。肘掛《ひじか》けに置き、ページをめくる。

千歳が見ているのはその辺の店には売っていない高価な図録だ。様々な純血種の獣化した姿が色つきで掲載《けいさい》されている。ページを繰《く》る蜂蜜《はちみつ》色の指はネコ科の獣のページに差し掛かると速度を落とし、あるページでぴたりと止まった。

「ユキヒョウ……?」

純白の毛並みに散る斑点《はんてん》といい、躯《からだ》に対して太くて長いしっぽといい、その図はこの屋敷に棲《す》む白い獣にそっくりだった。

「純血種なだけではなく、希少種だったんだ……」

ユキヒョウは絶滅《ぜつめつ》が危惧《きぐ》されるほど個体数が少ないと書いてあった。希少種によっては純血を守るため、天子さまがわざわざ遠い外《と》つ国から花嫁《はなよめ》を呼び寄せることもあるらしい。

「純血種であるだけでも、普通《ふつう》なら姿を拝むことすら難しいはずなんだけど……」

千歳が見下ろした膝の上では、白い獣が我が物顔でくつろいでいた。

強盗《ごうとう》を撃退《げきたい》した夜、夕餉を終えたユキヒョウが消えると、千歳はもう二度とこの美しい獣とこんな時を過ごせることはないのだろうなと思った。明日《あした》からはまたかつてと同じ、お供えをあげて、食べるユキヒョウを物陰《ものかげ》からこっそり見つめるだけという日々が繰り返されるのだと。

だが、翌日いつものように目覚めた千歳は仰天《ぎょうてん》した。ユキヒョウがなに食わぬ顔で千歳の布《ふ》団《とん》にもぐり込み寝《ね》ていたからだ。

夢のようだと思ったが、ゆゆしき事態でもあった。気を抜いたら魅惑《みわく》の毛並みに手を伸《の》ばしてしまいそうだ。だが、勝手に軀を撫《な》でまわしたりしたら痴漢《ちかん》である。

「あなた、もう幼獣《ようじゅう》じゃないですよね？　どうして僕の布団に入ってくるんですか？　このお屋敷は寒くないし、寝床《ねどこ》だって選《よ》り取り見取りですよね？　二階にある寝台《しんだい》はどれも上等で僕の布団よりずっと寝心地《ねごこち》がいいと思うんですが」

特に主寝室の寝台なんて最高だ。

ユキヒョウが寝返りを打つ。新雪のような腹毛を無防備に見せつけられた千歳の目が据《す》わった。脳裏《のうり》を身勝手な雄《おす》のような思考が過《よぎ》る。

もしや自分は誘《さそ》われているのではないだろうか。実はこの獣《けもの》は千歳に蹂躙《じゅうりん》されるのを待っているのでは……？

千歳は頭《かぶり》を振《ふ》って妄念《もうねん》を消そうとする。希少種の純血種がそんな節操無しなわけない。

「無視しないでください。あなた、このお屋敷の主《あるじ》とはどんなご関係なんですか？　どうして消えたり現れたりできるんですか？　やっぱり幽霊《ゆうれい》なんですか？」

千歳の葛藤《かっとう》も知らず、ユキヒョウは気持ちよさそうにごろんごろんしている。

「……教えてくださらないなら僕も、あなたのこと、好き勝手してしまいますよ？」

ユキヒョウがもぞもぞと動いた。翠玉《すいぎょく》の瞳《ひとみ》で千歳を見上げ、片方の耳だけふるんと揺《ゆ》らす。

やれるものならやってみろと言われたような気がした。

千歳はこくりと唾《つば》を呑《の》み込んだ。

てみる。

「えいっ」

思い切ってユキヒョウの腹毛に掌《てのひら》を埋《うず》める。それだけではなく、わっしわっしと上下に撫でてみる。

――うわ――……っ。

一瞬《いっしゅん》、極楽が見えたような気がした。

極上《ごくじょう》の毛質が指の間を滑《すべ》ってゆく感触《かんしょく》が気持ちよすぎる。くせになりそうだ。

次いで喉元《のどもと》をくすぐってやると、ユキヒョウは抵抗《ていこう》するどころかごろごろと喉を鳴らし始めた。

かくなる上はと、千歳はしっぽのつけ根へと手を伸ばした。ここは大抵《たいてい》の獣が触《ふ》れられるのを厭《いや》がるものだと聞いている。

前回のように遠慮《えんりょ》などしない。毛足が長いせいで太く見えるしっぽを握《にぎ》り、大胆に根本から先端《せんたん》まで掌を滑らせる。

さすがにユキヒョウがびくっとした。千歳も思わず息をつめる。

なんだろう、これは。

掌を滑ってゆく至高の手触りに全身が粟立《あわだ》った。甘美な痺《しび》れが腰骨《こしぼね》から背筋を駆《か》け上ってゆく。

「あぅ……っ」

ユキヒョウが身をくねらせ千歳の手の中から抜け出すやいなや、首に掛かっていた石が光った。ユキヒョウの姿が煙のように掻《か》き消える。

千歳はユキヒョウがいなくなってからも呆然《ぼうぜん》とソファに座っていた。

「今の……なんだったんだろ……？」

ソファの上に足を引き上げ背中を丸める。

違和感があった。

両腕《りょううで》で己《おのれ》を抱《いだ》くようにして、躯の内側の感覚に集中する。

疲《つか》れが出たのか、熱っぽい。不調なら怠《だる》くて動きたくなくなるものなのに、じっとしていられないような変な気分だ。

しっぽを扱《しご》いた掌を開いたり結んだりしてみる。最後にぐっと握り込むと、千歳はソファから立ち上がった。

＋　＋　＋

「やっぱりイマイチ調子がよくない……」

いつものように握り飯が大量に入った風呂敷《ふろしき》を持参し、千歳は鎮守《ちんじゅ》の森を横切っていた。ここを抜けると近道になることは最近知った。

雪の間に細く刻まれた小道を辿《たど》る。頬《ほお》を撫でる冷たい空気が心地《ここち》いい。おそらくは軽い風邪《かぜ》なのだろう、熱っぽさが抜けないしやけに神経が過敏《かびん》になっているが、咳《せき》も喉の痛みもないし躯が重いということもないので、千歳は市に通い続けている。

境内《けいだい》に抜け、開店準備でおおわらわの獣たちで賑《にぎ》わう参道を歩いてゆく。防寒のため頭まで包んでいた襟巻《えりま》きをずり下ろすと、千歳が来たのに気づいた釉厳が、やあとごつごつした手を上げた。

「おはようございます。手伝います」

既《すで》に敷物は広げてある。大八車に山のように積まれた古着を並べて木桶《きおけ》を貰《もら》うと、千歳は通りに背を向け地面に座った。両手を握り合わせ、集中する。

周囲で忙《いそが》しく作業をしていた獣たちが手を止めた。密《ひそ》やかに注目が集まる。彼らは千歳がなにをしようとしているのか、知っているのだ。

ポン！

可愛《かわい》らしい音と共に花が生まれ、獣たちがどよめいた。寒々しい冬の空気の中、そこだけ春が来たようだ。

花々が地面に置いておいた木桶の中に落ちてゆく。これでおまけ用の花の準備は終了《しゅうりょう》だ。千歳は他《ほか》の作業を手伝おうと顔を上げる。

恰幅《かっぷく》のいい雄が目の前にいた。

「うわ」

反射的に仰《の》け反り、千歳は後ろに手を突《つ》いた。この雄はこれまでも何度か市で見掛《みか》けたことがある。かなりの高齢《こうれい》だが貫禄《かんろく》のある豚《ぶた》で、大抵若い衆《しゅ》を引き連れていた。

皺《しわ》に埋もれた目にぎょろりとねめつけられ、千歳は緊張《きんちょう》する。

「……こんにちは？」

「なんでヒトがこんなところにいやがんだ？」

——心臓にナイフが突き立てられたような気がした。

釉厳を介《かい》して知り合ったこの市の獣たちが善良だったからすっかり忘れていたが、獣が皆彼《みな》らのようであるわけではなかった。

豚の、あたたかみの欠片《かけら》も感じられない眼差《まなざ》しが千歳に思い出させる。おまえは獣ではないのだと。

「こんなところにいたってお高い魔法《まほう》なんざ売れねえぞ。山の手のお屋敷に帰った方がいいんじゃねえか」

ふすんと鼻を鳴らされびくつきそうになったものの、千歳は下腹に力を込めて堪《こら》えた。ぎこちなく微笑《びしょう》まで浮《う》かべてみせる。

「おはようございます。あの、誤解なさっているようですが、僕はヒトじゃありません。僕の両親はウサギです。使える魔法も今の一つだけ。山の手になんて近づいたら、なにしに来たんだって追い返されてしまいます」

千歳と目線を合わせるため、しゃがみ込んでいた豚が目を細めた。

「ふん。ちゃんと笑ってみせやがった。頬が引き攣《つ》ってたが、上等だ」

ははは、という釉巌の笑い声が聞こえた。

「それくらい仕方ないですよ。親爺《おやじ》さん、悪人面じゃないですか。初対面で凄《すご》まれてチビらなかったのを褒《ほ》めてやらないと」

「抜《ぬ》かせ」

よっこらしょと立ち上がった豚に一瞬前までの剣呑《けんのん》さはなかった。千歳も立ち上がり、親し気に軽口を言う釉巌を眺《なが》め、豚を眺め、ちらちらとこちらを盗《ぬす》み見てはにやにやしている露店《ろてん》の獣たちを眺める。

「……もしかして僕、今、試《ため》されました……？」

確信のないまま聞いてみると、釉厳が耳を倒《たお》した。

「ごめんね、千歳くん。この獣はこの市の顔役なんだ」

豚が鼻を鳴らす。

「おめえは見るからにひよひよしていて、商売なんざできるように見えねえ。だから試験をしたんだ。俺ごときに凄まれて泣くようなら、最初から店なんざ出さねえ方がいいからな。気の弱いヒトなんざ、他の獣に食い物にされるだけだ。――それから釉厳、ヒトじゃねえなら誤解されないようにしてやれ」

傍《そば》に陳列《ちんれつ》してあった帽子《ぼうし》をひょいと摑《つか》むと、顔役は勝手に千歳の頭の上に載《の》せた。大きく膨《ふく》らんでいて小振《こぶ》りの獣耳なら余裕で中に収まるため、獣たちもよくかぶっているキャスケットだ。千歳は片手で帽子を押さえ、首を傾《かし》げる。

「ええと、僕は合格したんでしょうか……？」

「まあ、いいんじゃねえか。ただし、店を出すのはそのにおいが抜けた後だ」

「におい？　なんのことですか？」

全然気づかなかったが自分は臭《くさ》かったのだろうかと、千歳は襟元に鼻を突っ込みににおいを嗅《か》ぐ。

「おいおい、なにボケた面してやがんだ。おめえ、発情期が来てんだろ？」

きょとんとした千歳に、顔役も釉厳も真顔になった。

「あれ？　もしかして初めてなのかな？」

どうやら本気で言っているらしいと気づいた千歳も顔色を変える。

「発情期ってあの発情期ですか？　僕は先祖返りだから、そういうのはないと思ってました」

だから考えもしなかった。言われてみれば千歳の不調は発情期の特徴《とくちょう》そのものだ。

「その年まで来なかったってのは先祖返りのせいか？　しかも両親はウサギたァ……まずいな」

釉厳も千歳から目を逸《そ》らした。

「ウサギは性欲が強いって言われてますよね……」

千歳はむっとする。

「ウサギだから性欲が強いと決めつけるのは失礼じゃありませんか」

「いやいやいや」

「若いウサギの雄《おす》は大変らしいぞ。初めてで勝手がわかってねえんならなおさらだ。だが、いい機会でもある。気になる相手がいんならお願いしてこい」

気になる相手――？

なぜか膝《ひざ》の上でくつろぐユキヒョウが脳裏《のうり》に浮かんだ。それから、撫《な》でた時に覚えた官能的なおののきも。

——あの獣は貴《とうと》い存在。夢見るのもおこがましいくらいなのに。

「そんな相手、いません」

そもそも千歳は純血種どころか、普通の獣もヒトも相手に望むことなどできない半端ものだ。

切ない気持ちを押し殺し答えると、顔役が頬を歪《ゆが》めた。

「ふん。なんで見ず知らずのヒトの世話なんざ甲斐甲斐《かいがい》しく焼いてやがんだと思ってたが、釉厳、こいつ、なかなか初々《ういうい》しくて可愛いなァ」

「はい？」

「そうなんですよ。どうにも放っておけないんです」

「あの、誰《だれ》の話をしているんですか？」

用は済んだとばかりに顔役が歩き出す。

「頑張《がんば》れよ、ウサギの坊主《ぼうず》。おめえの恋《こい》が成就《じょうじゅ》することを祈《いの》っておいてやらあ」

ひらひらと手を振《ふ》られ、千歳は帽子を元の場所に戻《もど》した。

「だから、そういう相手はいませんって」

そう。いない。純血種には一方的に憧《あこが》れているだけだし、そもそも雄だ。もし雌《めす》だったとしても、この体格差で試みたりしたら大惨事《だいさんじ》になってしまう。

そのまま仕事をしてゆくつもりだったのだが、千歳は朝の設営を終えたところで追い返されてしまった。市にはウサギのお嬢《じょう》さんもたくさん来る。発情期のにおいをまき散らされたら困ると言われれば言い返すことはできない。やけになって握り飯を齧《かじ》りながら屋敷に帰ると、千歳はまっすぐに浴室へと向かった。服を脱《ぬ》ぎ、乾《かわ》いた白い陶器《とうき》の湯船の中に座り込む。

見下ろすと、皮膚《ひふ》の下にうっすらと肋骨《ろっこつ》の形が見て取れた。薄《うす》い腹に脂肪《しぼう》などないに等しい細い膝。しなやかな肢体《したい》は性のにおいに乏《とぼ》しく、発情期が来たただなんて冗談《じょうだん》のように思える。必要を感じたことがなかったので、こういうことに関する千歳の知識は乏しい。だが、一人でも熱を発散させられることくらい知っている。『抜け』ばいいのだ。

「確かこれを手で扱《しご》くんだ」

とりあえず膝を開き、くたりとした性器を手に取り扱いてみる。だが、千歳の手の動きときたら笑えるほどぎこちなく、刺激《しげき》から生み出される感覚は『快楽』から程遠《ほどとお》かった。おそらくコツがあるのだろうが、会得《えとく》できる気がまるでしない。

「駄目《だめ》だ——」

しばらく悪戦苦闘《あくせんくとう》したものの諦《あきら》め、千歳は湯船の縁《ふち》に寄り掛《か》かった。

途方《とほう》にくれてしまう。このまま熱を吐《は》き出せなければどうなるのだろう。別に死にはしないだろうが、仕事ができないのは困る。それに恥《は》ずかしい。千歳は鼻が利《き》かないからわからないが、発情期の雄のにおいは『ヤりたい！』と公言して回っているも同然らしい。

「これ、どうしたらいいんだろ……」

「手伝ってやろうか」

「えっ」

驚《おどろ》いて振り返ると、ユキヒョウが湯船の縁に前肢《まえあし》を乗せていた。背後で長いしっぽがゆらゆら揺《ゆ》れている。

頭の中が真っ白になった。

なんでよりによってこの獣がここにいるんだろう。手伝いを申し出るということは、試行錯《さく》誤《ご》しているところも見ていたんだろうか。聞きたいことは山ほどあったが、口から出てきたのは随分と気の抜けた質問だった。

「あなた、喋《しゃべ》れたんですか？」

「ああ」

どこかずれたやりとりをしてからはっと気がつき、千歳は急いで手すりに掛けられていたタオルを取る。

「よくわかりませんが、わかりました。そのことについては今はいいです。とりあえず、出てってください」

「なぜだ？　困っているのだろう？」

股間《こかん》を隠《かく》す千歳に、ユキヒョウはあざとく首を傾げてみせた。己《おのれ》の躯《からだ》が徐々《じょじょ》に桜色に染まっていきつつあるのに気がつき、千歳は消え入りたいような気分になる。

「いいえ」

「そんなおぼつかない手つきでは、出るものも出ないぞ？」

叩き出されても仕方ないのに、ユキヒョウは昂然《こうぜん》と頭を反らしている。

「とにかく、ご厚情《こうじょう》はありがたいですが、僕には畏《おそ》れ多すぎですので謹《つつし》んでご遠慮《えんりょ》申し上げます」

「遠慮するな」

「遠慮では――」

ユキヒョウが舌打ちした。

「言い方を変えよう。俺に逆らうな」

「あ……」

一言で空気が変わる。気圧《けお》され、千歳は唇《くちびる》を噛《か》んだ。やはりこのユキヒョウは希少種の純血種で、高位の華族《かぞく》なのだ。

「少し見ていたのだが、独り立ちしようという雄のくせになぜあんなにも下手なのだ？　手伝ってくれる者でもいたのか？」

湯船の中にユキヒョウが飛び降りてきて、千歳は隅《すみ》へと後退《あとじさ》った。

「ち、ちが……」

「ではなぜだ」

「仕方ないじゃないですか。発情期なんて、今まで来たことなかったんですから……」

急に気が遠くなりそうなほどの羞恥《しゅうち》を覚え、千歳は俯《うつむ》いた。この年になって初めてだなんて、雄として不完全なことを告白するようなものだと気がついたのだ。別につがいになりたい雌もいないからこんなものこなくても全然かまわなかったのだが、目の前にいるユキヒョウのように美しい雄に知られるのは耐《た》えがたい。

「まさかこれが初めての発情なのか？」

真っ赤になって恥じ入ると、ユキヒョウの双眸《そうぼう》に不穏《ふおん》な光が灯《とも》る。可愛《かわい》いなと呟《つぶや》かれ、千歳は耳を疑った。

「……ではやはり、俺が一から教えてやらねばな」

ユキヒョウが足の間に割り込んでこようとする。比類なくなめらかな毛並みにふくらはぎや膝の内側を撫でられ腰《こし》が抜《ぬ》けそうになった。

「あ……っ」

止めようととっさに上から押さえつけると高貴な獣が手の下でべしゃりと潰《つぶ》れる。

「ヒトだと思って馬鹿《ばか》にしてるんですか？　僕はあなたの玩具《おもちゃ》じゃない」

ユキヒョウが拘束《こうそく》から逃《のが》れようと陶器の湯船に爪《つめ》を立てた。

「馬鹿になどしていないぞ。おまえがあんまり初々しいからしてやりたくなっただけだ」

「僕には馬鹿にしているとしか思えません」

千歳は蛇口《じゃぐち》をひねる。シャワーヘッドからぱらぱらと水が降り注ぎ始めると、ユキヒョウの余裕《よゆう》が消え去った。

「違《ちが》うと言っているであろう！　おまえは考え過ぎだ」

太いしっぽが振り回される。水面がばしばし叩《たた》かれる度《たび》に水飛沫《みずしぶき》が上がり、千歳もユキヒョウもずぶぬれになった。

「……なんですって？」

「ヒトを穢《けが》れ扱《あつか》いする阿呆《あほう》がいるのは知っている。だが、おまえ自身がそんな根拠《こんきょ》などないに等しい話に振り回されてどうする。たかが耳の形としっぽの有無が違うだけと、おまえは知っているのだろう？」

「……でも、正論を振り翳《かざ》したところで、意味なんかない……」

彼らは耳を貸してくれない。

「馬鹿なわからず屋を前にしているなら仕方ないが、おまえの前にいるのは俺だ。俺はおまえがヒトであろうと気にしない」

力の抜けた手の下から脱出《だっしゅつ》したユキヒョウが、後肢で立って不器用に蛇口を締《し》める。まばらなシャワーの雨が止《や》み底に溜《た》まっていた水が排出《はいしゅつ》されると、ユキヒョウは毛繕《けづくろ》いをしようと湯船の底にお座りした。

千歳が立ち上がり、湯船から出る。

「おい、どこへ行く気だ？」

耳の毛並みを整えようとしていたユキヒョウが動きを止めた。千歳は構わず鍵束《かぎたば》とタオルだけ持って素早《すばや》く浴室を出た。扉《とびら》を閉め鍵も閉めると、湯船から飛び出して追い掛けてきたのだろう、中から肉球で扉を打つ音が聞こえる。

「おい、なにをする、ここを開けろ！」

全裸《ぜんら》のまま廊下《ろうか》を歩き自室へと戻《もど》った。ざっと軀を拭《ぬぐ》い湿《しめ》ったタオルを投げ出し寝間《ねま》に入ると、千歳は上に載《の》っていた浴衣《ゆかた》を退《ど》け、壁際《かべぎわ》に畳《たた》んであった布団《ふとん》の上にぼすんと倒《たお》れた。

「ヒトであろうと気にしない、か……」

湯船の中で試行錯誤していた時は全然だったのに、なんだか軀が熱い。

「可愛いなんて、なに考えてるんだろ……？」

嬉《うれ》しいと一瞬《いっしゅん》でも思ってしまったのが悔《くや》しい。獣《けもの》たちがヒトをどう思っているのか、千歳はよく知っているのに。

——真に受けては駄目だ。あれは希少種の純血種。

ユキヒョウから見れば、きっと千歳は可哀想《かわいそう》な御伽噺《おとぎばなし》の主人公のようなもの、直接関係することのない虚構《きょこう》の世界の住民なのだ。千歳が華族たちを別の世界の住人と感じるのと同じ。ユキヒョウの言葉は千歳にとってなんの意味もない。

「獣耳がないなら、せめてヒト並みに魔法《まほう》が使えるようにしてくれればよかったのに」

のろのろと起き上がると、千歳はさっき除《よ》けた浴衣を広げ、袖《そで》を通した。下着を取りに行くのも面倒《めんどう》で、布団を広げごろりと寝転がる。

どうせ今日は休み、ふて寝をしたって構わない。

目が覚めたらまた再挑戦《さいちょうせん》することにし、千歳は上掛《うわが》けの下で丸くなった。

+ + +

次に目が覚めると、室内は暗くなっていた。窓の外にぽつりぽつりと連なるガス灯が見える。もう夜なのだ。

寝ぼけた頭のままもぞもぞと身じろいだ拍子《ひょうし》に、千歳は間抜《まぬ》けな声を漏《も》らしてしまった。

「ふわ……?」

変だ。

布団の中で、なにか動いている。

ものすごく心地《ここち》いい膚触《はだざわ》りのものだ。そして千歳の軀は——。

目を見開くと、千歳は上掛けを摑《つか》み、軀の上から剝《は》ぎ取った。

結んだはずの帯が消えている。千歳の寝相のせいではない。左右に割れた浴衣の間、千歳の下腹部に覆《おお》いかぶさるように、理想の毛皮を纏《まと》った美しく高貴で尊大な獣が伏《ふ》せている。

「なに、してるんですか……？」

「夜這《よば》いだな」

あまりにも堂々と宣言され、千歳は危機感を覚えることができなかった。

「冗談《じょうだん》ですよね？」

「冗談でこんなことをすると思うか？」

下着無しの就寝《しゅうしん》という愚行《ぐこう》を後悔《こうかい》する。ユキヒョウのとてつもなく触り心地のいい腹毛が性器に直接触《ふ》れていた。気を抜いたら腑抜《ふぬ》けた声が出そうで、千歳は思わずこくりと唾《つば》を呑《の》み込む。

「どうして、こんなことを？」

ユキヒョウの耳が片方だけぴこんと揺《ゆ》れた。

「俺は親切なんだ。発情した時の対処の仕方を教えてやる」

獣が後肢を突《つ》っ張る。やわらかな毛に覆われた軀《からだ》が前にずれ、もろに股座《またぐら》が擦《こす》り上げられた。

「あ……っ」

その刹那《せつな》、軀を駆《か》け抜けた甘美なおののきに、千歳はとっさに拳《こぶし》で口元を押さえる。

な、に……？

初めて覚える感覚だった。ユキヒョウがふすんと得意げに息を吐《は》き、前後に躯を揺すり始める。

「あ、あ、あ……っ」

とぷん、と。

水の中に落ちるように甘やかな快楽に呑み込まれた。

ユキヒョウが動くたび、触れている場所から己《おのれ》が蕩《とろ》けてゆく。純血種の毛並みに己の性器が埋《う》もれているという事実に背徳的な興奮を覚えた。つがいになる気もない相手とこんなことをしてはいけないのに。

腹の上に身を伏せていたユキヒョウが上半身を持ち上げる。見通しがよくなった空間に己が見えた。今朝あれだけ苦労したのが嘘《うそ》のように張り詰《つ》めている。

「いや、だ。やめてください、恥《は》ずかしい……」

純白の腹毛は湿って張りつき、いくつもの束になっていた。千歳の先から溢《あふ》れた淫液《いんえき》のせいだ。

駄目《だめ》だってわかっているのにどうして反応してしまうのか理解できず、千歳は戸惑う。

「観念して俺に身を委《ゆだ》ねろ。悪いようにはしない」

悪役めいた台詞《せりふ》。ユキヒョウがまた躯を低くする。屹立《きつりつ》の角度が変わり、この上なく蠱惑《こわく》的な腹毛に先端《せんたん》が強く当たるようになると、千歳は小さく口を開け声を殺して喘《あえ》いだ。細い指先がくしゃくしゃになった浴衣に皺《しわ》を刻む。ユキヒョウが満足そうに喉《のど》を鳴らした。

「可愛いな……」

嘘だ。

千歳はきつく目を瞑《つむ》り、腕《うで》で顔を隠《かく》した。感覚がきゅうっと一つところに凝縮《ぎょうしゅく》してゆく。なにかが躯の奥底からせり上がってくる。

なにか——ここ数日、ずっと千歳が欲《ほっ》していたものが。出る。出てしまう。

粗相《そそう》しそうな予感に慌《あわ》てる千歳に、ユキヒョウが鷹揚《おうよう》に笑った。

「いいぞ。出せ。イけ」

白い光に、頭の中に詰まっていたなにもかもが灼《や》き払《はら》われた。

びくびくと性器が震《ふる》え、吐き出されたなまあたたかい液体が斑紋《はんもん》の入った純白の毛の上をゆっくりと伝い落ちてゆく。余韻《よいん》に震える千歳の足の間でお座りしたユキヒョウがぺろりと顔まで飛んだ精液を舐《な》めた。

「閨《ねや》を共にするにウサギに如《し》くものはないというのは本当だな」

「僕のこと、馬鹿《ばか》にしてるんですか」

「まさか」

ユキヒョウはつるりと前肢《まえあし》で顔を洗い、残っていた白を舐め取った。まるで千歳の子種を一《ひと》滴《しずく》たりとも無駄《むだ》にしたくないかのように丹念《たんねん》に毛繕いし、千歳の腹に滴《したた》った分も舐める。

変化が生じたのは、ユキヒョウが満足げなおくびを漏らした直後だった。

水気を飛ばそうとするかのように身震いするや否《いな》や、ユキヒョウの軀が大きく膨《ふく》れ上がる。ユキヒョウを挟《はさ》むように足を投げ出していた千歳は、内腿《うちもも》を押し広げようとするものに驚《おどろ》き、布団の上を後退《あとずさ》った。

「え……？　一体、なにが……？」

獣毛《じゅうもう》がしっぽと耳を残し消えた。頭の位置がぐっと高くなり、斑紋のあった毛並みは両側の生え際《ぎわ》にだけ黒が混じった純白の髪《かみ》に取って代わられる。千歳よりずっと長身でしなやかな筋肉を纏った肉体は、上等な三つ揃《ぞろ》いを身に着けていた。

気品ある美青年。ユキヒョウの時は可愛《かわい》いという印象が強かったが、ヒト化すると精悍《せいかん》さが目立つ。

――ヒト化、できたんだ……。

片手を布団《ふとん》の上に突き項垂《うなだ》れていた雄《おす》は、変化が落ち着くと湿った溜息《ためいき》をついた。

ユキヒョウがヒト化した姿は想像してみたことがあった。だが、実際にヒト化した姿は千歳の想像をはるかに凌駕《りょうが》していた。

ユキヒョウが顔を上げる。獣化した時と変わらない翠《みどり》の瞳《ひとみ》に千歳を捉《とら》えたユキヒョウの唇《くちびる》が緩《ゆる》い弧《こ》を描《えが》いた。

「俺の名は楼嵐《ろうらん》だ」

「ろうらん……」

綺羅綺羅《きらきら》しい現実についてゆけず反応の鈍《にぶ》い千歳を見た楼嵐の視線が下方へとずれる。

「ふむ」

しどけない姿を見られているのに気がついた千歳は全開になっていた浴衣《ゆかた》の合わせを引っ摑み掻《か》き合わせた。

「見ないでください……っ！」

楼嵐がユキヒョウだということは変化するところを見ていたのだからわかっているのだが、見知らぬ男に視姦《しかん》されているような気がした。背を向け、脱《ぬ》げかけていた浴衣を引っ張り上げて肩《かた》を覆うが、座ったままでは裾《すそ》を直せず太腿がはみ出てしまう。

——楼嵐の視線が白い足を舐めるようになぞる。

「千歳、今更隠《いまさらかく》しても意味がないと思うぞ」

逃《に》げ出そうとしたが、即座《そくざ》に逞《たくま》しい両腕《りょううで》に引き戻《もど》された。抱《かか》え込まれてしまうと楼嵐が手も足も長く、雄らしい引き締《し》まった軀つきをしていることが如実《にょじつ》にわかる。

——なんで……、どうしてこれくらいで心臓がドキドキしてしまうんだ……？

「獣化していた時も思ったが、おまえ、小さいな。肩が薄《うす》すぎて、見ていると不安になる」

楼嵐の指が顎《あご》を捉え、耳元に唇が寄せられる。

「それにすごく——」

甘やかな声に、震えが走った。

「な、に……？」

つっけんどんに聞き返した千歳の耳元に息を吹《ふ》き込むようにして返事をすると、楼嵐はちゅっと耳の下に接吻《せっぷん》した。

「愛らしい」

血が沸騰《ふっとう》するのではないかと思った。

「なんですか、それ。りっぷさーびすって奴《やつ》ですか？」

「千歳は変な言葉を知っているな。だが、違《ちが》う。俺の言葉は素直《すなお》に受け取れ」

「無理です」

頑《かたく》なに唇を引き結び抵抗《ていこう》する千歳に、楼嵐がふむと呟《つぶや》く。

「そういえば、自慰《じい》の仕方がわからなくて困っていたのだったな？」

膚《はだ》が粟立《あわだ》った。

「いえ、もうすっきりしましたから、どうかお構いなく」

楼嵐の胸を押し踏《ふ》ん張るが、びくともしない。千歳を抱え込んだまま、もう一方の手を乱れた浴衣の裾から突っ込んでくる。

「いやだ、放せ……っ」

「遠慮《えんりょ》するな」

急所を捉えられ無遠慮に上下に扱《しご》かれて、千歳は涙目《なみだめ》になった。腹毛で撫《な》でられるのとは違う強い刺激《しげき》に、股間《こかん》は節操なく反応してしまう。

「あ、あ、やだ。触《さわ》る、な……」

「教えてやっているのだ、ちゃんと見ていろ。俺の手によってここがどうなるのか。どんな風にすると、気持ちいいのか……」

「く、う……っ」

折った膝《ひざ》の間をちらりと見てしまい、千歳は慌てて顔を背《そむ》けた。リズミカルな楼嵐の手の動きがなんとも淫猥《いんわい》で、かあっと全身が熱くなる。

いやらしい……。

でも、こんなことをされて昂《たかぶ》ってしまっている千歳も、すごくいやらしい。

楼嵐がまた千歳の顎を掬《すく》い取るように摑《つか》み、さらに背後へと振《ふ》り向かせる。涙で歪《ゆが》んでいる視界に、発情した美しい雄の顔が飛び込んできた。

「あ……」

艶然《えんぜん》と微笑《ほほえ》まれ、思わず見入ってしまう。

小さく開いていた唇にやわらかなものが押し当てられた。最初千歳にはそれがなにかわからなかったが、するりと入ってきた舌に理解させられる。

接吻、されているんだ……。

「ん、ふ……」

初めて年上の雄によって経験させられた接吻は、淫靡《いんび》で強引《ごういん》で、でもなぜか優《やさ》しかった。だんだん頭がぼーっとしてくる。楼嵐の体温に包まれて、ゆるゆると口の中を舐め回されていると、これまで出会ってきた誰《だれ》よりも楼嵐が近くに感じられるような気がした。なんだかふわふわしてきて、心も軀《からだ》も蕩《とろ》けて流れそうになってしまう。

「拒絶《きょぜつ》するつもりなら、接吻一つでとろんとした顔をしては駄目《だめ》だ」

笑《え》みをたたえた翠の瞳をぼんやりと見つめ返し、千歳はようやくいつの間にか接吻がほどかれていたことに気がついた。のろのろと楼嵐に背を向ける。脳味噌《のうみそ》がすっかり煮立《にた》ってしまって、うまくものが考えられない。とりあえず俯《うつむ》き、唾液《だえき》で濡《ぬ》れてしまった口元を拳《こぶし》でごしごし拭《ぬぐ》う。

「……とろんとした顔なんか、してません」

そうしたらまた顎を掴まれ、背後を振り向かされた。口の中に長く形のいい指を入れられてしまう。無造作に中を掻き回され、千歳は思わず楼嵐の腕を掴んだ。

粘膜《ねんまく》を擦《こす》られるだけで、感じた。

「んっ、んっ」

「うん？　こんなんでも感じてしまうのか？――敏感《びんかん》だな」

揶揄《やゆ》され、涙が溢《あふ》れそうになる。でも、楼嵐の手の中で育てられつつある千歳の陰茎《いんけい》は萎《な》えるどころかひくひくと震《ふる》えた。

唾液をたっぷり纏《まと》いつかせた指が抜《ぬ》き出される。足の間へと伸《の》ばされ白い尻《しり》の狭間《はざま》を滑《すべ》った指は、蕾《つぼみ》の上でひたりと止まった。皺《しわ》を伸ばすようにぬめった指でいたずらされ、千歳は狼狽《うろた》えてしまう。

「なに……？　な、にを……？」

「躯の力を抜いて大人しくしていろ。もっと気持ちよくしてやる」

「え……？　あ……！」

千歳の中に、指が突《つ》き立てられる。指一本だからか痛みはそうなかったが、そんな場所まで暴《あば》かれるとは思ってもいなかった千歳は衝撃《しょうげき》を受けた。

「いやです……っ、抜いて……抜いてください……っ」

「さすがに狭《せま》いな。大丈夫《だいじょうぶ》だ。少しだけ我慢《がまん》しろ。すぐよくなる」

つけ根までずぶずぶと埋《う》め込まれた長い指がなにかを探すかのように肉の狭間で蠢《うごめ》く。同時に指の腹でもっとも感じる先端《せんたん》をぬるぬると撫でまわされ、千歳は身悶《みもだ》えた。

「あ……、あっ、ひ、あ……っ」

過《す》ぎる快楽と尻の奥を探《さぐ》られる不快感から逃げたくて仕方がない。無駄《むだ》だと知っていても、湿《しめ》った布団を弱々しく掻き毟《むし》り逃げようとする。

だが、指先がある一点を掠《かす》めた刹那《せつな》、千歳の動きが止まった。躯の芯《しん》で強烈《きょうれつ》な快感が弾《はじ》けたせいだ。

——なんだ、これ……。

千歳は前のめりになって敷布《しきふ》を鷲摑《わしづか》み、己《おのれ》の中の感覚を探る。なにが起こっているのか理解しようとする。

楼嵐が見つけたと呟き唇《くちびる》を舐《な》めたのが、濡れた音でわかった。

ぽたぽたと汗《あせ》が伝い落ちる。うなじが熱い。楼嵐の獰猛《どうもう》な眼差《まなざ》しを膚で感じる。

にゅく、とまた肉の洞《うろ》に埋め込まれた指に敏感な箇所《かしょ》を押され、千歳は両手で口を押さえた。

「や……いやだ……っ。そこはやめてくだ……あ……っ」

頭が布団《ふとん》につきそうなくらい軀を丸め、襲《おそ》い来る快楽の大波を堪《た》えようとする。だが、そんなことをしても無駄だった。楼嵐の指先から生み出される圧倒《あっとう》的な快楽に千歳を構成するなにもかもが押し流される。ばらばらに、なってしまう。

「いいぞ。啼《な》け。よがれ。俺の前に、すべてを曝《さら》け出して見せろ——」

ぐっと意地悪くソコを押し上げられた瞬間《しゅんかん》、千歳は絶頂に達した。

吐精《とせい》の快楽に続き、後ろがひく、ひくと痙攣《けいれん》する。楼嵐の指を締めつけるたびに、甘やかな余韻《よいん》が広がり、千歳は恍惚《こうこつ》となった。

——自慰でこんなところをいじるなんて、聞いたことがない、けど。

「悦《よ》かっただろう？　また発情したら言え。満足するまでこうやって可愛《かわい》がってやる」

二度と可愛がってくれなくていいですと言わねばと思ったのに、言えなかった。躯がべたべたで、なんとかしないとと思うのに、気が遠くなってゆく。

眠《ねむ》い……疲《つか》れた。

楼嵐の接吻を無抵抗に受けると、千歳はそのまま眠ってしまった。

腕《うで》の中で可愛らしい抵抗をしていたウサギがくったりしてしまうと、楼嵐はそっと布団の上に下ろした。手についた精を舐め取りながら、意識を飛ばしてしまった青年を見下ろす。

無造作に投げ出された肢体《したい》は小柄《こがら》なウサギの血筋に生まれたせいか線が細く、なんとも言えずなまめかしかった。芯の強さを感じさせる顔立ちは華《はな》やかさに欠けるものの地味に整っており、好ましい。

「どうやら気が昂ると、普段《ふだん》より多く魔力《まりょく》を放出するようだな」

しっとりと湿った純白の髪《かみ》を掻《か》き上げると、楼嵐は首元で揺《ゆ》れていた飾《かざ》りを外した。立方体の骨組みに保護された琥珀《こはく》の中で小さな泡《あわ》が揺れる。

「あと少し、か」

以前より小さくなった泡を見つめる楼嵐の眼差しはどこか厳《おごそ》かで、先刻までの余裕《よゆう》も気安さもない。

＋　＋　＋

翌朝。目覚めた千歳は大きく軀を伸ばした。爽快《そうかい》な気分だった。靄《もや》がかかっていたようだった気持ちは晴れ、軀が軽い。妙《みょう》な熱っぽさもない。体調不良はやはり初めての発情期に起因していたようだ。

千歳は茶の間に繋《つな》がる襖《ふすま》を開け、閉めた。

茶の間に楼嵐がいる。

少し考え千歳は、寝乱《ねみだ》れた浴衣《ゆかた》から仕事着へと迅速《じんそく》に着替《きが》え、静かに寝間の窓から抜け出した。雪が積もる極寒《ごっかん》の景色の中、走って勝手口まで行き、外套《がいとう》とブーツだけ取り屋敷《やしき》から逃亡《とうぼう》する。

「これから、どうしよう……」

希少種は憧《あこが》れだった。楼嵐の毛並みは理想そのもの。ヒト化した楼嵐は男らしく、見惚《みと》れざるを得ないほど魅力《みりょく》的だ。だがあの獣《けもの》は千歳をなんだと思っているのだろう。ヒトであろうと気にしないと言ったが、あんなことをしたのはやはり千歳がヒトでなにをしてもいい相手だと見下しているからではないだろうか。

「それとも、誰にでもああいうこと、するのかな……華族《かぞく》サマならやりたい放題だろうし……」

いずれにせよ、もうあの雄《おす》のいる屋敷には帰りたくない。伊織には悪いが管理人の仕事は断ろう。部屋を探して、一人で暮らすのだ。

屋台で適当に朝食を済ませ、千歳は市に向かう。

「お、千歳じゃねえか。なんだなんだァ、童貞臭《どうていしゅう》が薄《うす》くなってやがんじゃねえか」

千歳がやってきたのに気づいたおでん屋が屋台から出てくる。

「なんですか、童貞臭って」

「知らねえのか？　童貞だと発情期のにおいが煮詰《につ》まってでもいるかのようにきつくなるって話」

千歳はげんなりした。

「僕、そんなにくさかったんですか……」

「真に受けなくていいよ、千歳くん。眉唾《まゆつば》な話だから。ほら、親指が太い雄はアレも立派だとか、色々と言うだろう？」

紬厳が露店《ろてん》の設営をしながら口を挟《はさ》む。

「でも、においていたってことですよね？」

「まあ、そうだな。一嗅《か》ぎしただけで、全身の毛が逆立つくらい挑発《ちょうはつ》的なにおいはしていた」

千歳は外套の胸元《むなもと》を摘《つ》まんでばたばた煽《あお》った。

「におい、まだしますか？」

「一日で随分《ずいぶん》すっきりしたね。さてはいい人がいたのかな？」

千歳の目から光が消えた。

「いません」

「なんだ？　暗い顔しやがって。話を聞いてやろうか？　つか聞かせろ」

おでん屋の太い腕が首にまきついてくる。千歳はうるさそうに押し退《の》けようとして、なにか思いついたかのように動きを止め、逆におでん屋の耳元に唇を寄せた。

「つかぬことをお伺《うかが》いしますが、自分でする時って、お尻もいじるものなんですか？」

小さな声で言ったのに、釉厳まで耳をぴんと立てて振《ふ》り返る。

「誰《だれ》にそんなこと、教わったんだ？」

その一言で、千歳はすべてを察した。

「やっぱり違《ちが》うんだ……」

なんだか変だと思ったのだ。自慰《じい》を教えてやるなんて嘘《うそ》ばっかりである。

「もう一つ教えてください」

どんな変なことを聞かれると思ったのか、釉厳は警戒《けいかい》した。

「……なにかな？」

「管理人の仕事を辞《や》めて、自分で部屋を借りようと思っているんです。家賃の相場って、どれくらいなんですか？」

ああ、とほっとした顔をしたおでん屋と釉厳が示した数字に、千歳は驚愕《きょうがく》した。

「……」

「帝都《ていと》は物価が高いけど、家賃はもっと高いんだよ」

「もっと安いところもあるっちゃあるが、害虫とか臭いとか、なにかしらあると思った方がいい。いい物件は空かねえしな」

「ありがとう、ございました……」

どうするべきか、悩《なや》む。花屋がうまくいくかどうかもわからないのに、引っ越《こ》すのは危険だ。だが、昨夜のことを思い出すだけで全身が沸騰《ふっとう》したかのように熱くなる。

怒《いか》りと恥辱《ちじょく》と、知ってしまった快楽の余韻に。

いつもと違って落ち着かない様子の千歳に、おでん屋が興味津々《しんしん》身を乗り出した。

「やっぱりあれか？　物の怪《け》に耐《た》えられなくなったのか？　それとも、素敵《すてき》なしっぽの持ち主との新生活のためとか……!?」

楼嵐を物の怪と言うなら、耐えられなくなったというのは間違いではない。だが、おでん屋が期待するようなきらきらの新生活のためでは断じてない。

「そうですけど、そうじゃないというか……」

「なんだよ」

短気なおでん屋はじりじりしている。紬巌が助け船を出した。

「顔役に聞いてみようか？　顔が広いから、案外いいところを知っているかもしれないよ」

「お願いしたいのはやまやまですが、先立つものが足りなそうです」

いつも通り市で一日働いた後、千歳は帰りに伊織の家に寄った。だが、伊織は不在だった。無駄《むだ》だろうなと思いつつ千歳はリッに相談してみる。屋敷の管理人の仕事を辞めたいと。リッは親身になって話を聞いてくれたが、きっぱりと言った。

「お話はわかりましたが、私にはどうにもできません。伊織さんが帰ってくるまではお仕事を続けてくださらないと困ります」

当然である。千歳がどんな目に遭《あ》ったのかまで話せばリッの返事は違ったのかもしれないが、さすがに若い雌《めす》には言えない。わかりましたと辞去したもののどうしても屋敷に帰りたくなくて、その夜は木賃宿に泊《と》まった。だが、不潔な上見知らぬ獣と雑魚寝《ざこね》せねばならず、一晩で音を上げた千歳はその日の仕事が終わるととぼとぼと屋敷に戻《もど》った。

「大丈夫《だいじょうぶ》。押し込みから助けてくれた日の事を思い出すんだ。楼嵐は悪い獣じゃない。もしかしたらアレも本当に親切心でしてくれたのかもしれない。触《さわ》られただけだし、もう発情も落ち着いたし、大丈夫だ。毅然《きぜん》とした態度で厭《いや》だって言えば、きっとこっちの意を汲《く》んでくれる。

大丈夫。大丈夫……」

ともすれば逃《に》げ出したくなる気持ちを抑《おさ》えつけ、ぶつぶつと自分に言い聞かせつつ勝手口から忍《しの》び入る。外套の釦《ぼたん》を外し始めたところで、いつもは閉まっている使用人用の居間の扉《とびら》が開けっぱなしになっているのに気がついた。恐《おそ》る恐る覗《のぞ》き込むと、ヒト化した楼嵐が組んだ長い脚《あし》をソファの肘《ひじ》掛《か》けに投げ出し寝そべっている。わざわざ勝手口から近いこの部屋で、千歳を待ち伏《ぶ》せしていたのだ。

千歳が覗いているのに気づくと上半身を起こし、冷たく光る翠《みどり》の瞳《ひとみ》を向ける。

「あ……」

「どこに行っていたんだ？　千歳」

毅然と対峙《たいじ》するつもりでいたのに、足が竦《すく》んだ。

「どこだってあなたには関係ありません。なにか用でもありましたか」

「ああ。謝ろうと思ってな。昨日の朝はおまえが出てくるのをずっと茶の間で待っていた」

「……」

視線が痛い。楼嵐がソファから立ち上がり、かつんかつんと靴音《くつおと》を立てながら近づいてきた。

「部屋を探しているそうだな。この屋敷を出てゆくつもりか？」

心臓がぎゅうっと痛くなる。

「どうしてあなたがそんなことを知っているんですか」

「本当なのか。……は、あんなことをされたなら、当然だな。気持ちはわかる」

悲痛な面持《おもも》ちで楼嵐が白い睫毛《まつげ》を伏《ふ》せた。耳までぺたりと伏せてしまっている。

どくんどくんと心臓が騒《さわ》ぐ。憂《うれ》いに満ちた表情から目を離《はな》せない。

やっぱり毅然とした態度なんて保てそうにないと思った時だった。楼嵐の唇《くちびる》が開いた。

「──わかるが、駄目《だめ》だ」

「え」

千歳は一瞬《いっしゅん》、なにを言われたのか理解できなかった。

「この屋敷《やしき》を出てゆくなんて、許さない」

「──なっ」

蒼褪《あおざ》めた瞼《まぶた》が開き、翠の双眸《そうぼう》が千歳を見据《みす》える。楼嵐の声音《こわね》には暗いが確固とした意志があった。千歳を逃がすつもりなど、この獣《けもの》にはないのだ。

「大体、また発情したらどうする気だ？　おまえはウサギ、すぐ次の波が来るぞ。我慢《がまん》など到《とう》底《てい》できない。俺のいないところで、誰の手を借りるつもりだ」

言い募《つの》る楼嵐に気圧《けお》され下がった千歳の背中が壁《かべ》にぶつかる。あっと思った時には楼嵐がもう、息がかかるほど近くにいた。

──また抱《だ》き締《し》められてしまう……？

とっさに胸を押し返そうと掲《かか》げた手が壁に押しつけられる。掌《てのひら》を合わせ、指を絡《から》み合わせるようにして。

楼嵐の綺麗《きれい》に整った顔を正視できず、千歳は顔を背《そむ》けた。

「どうして他《ほか》の獣に手伝ってもらうことが前提なんですか。もうやり方はわかりましたし、自分でなんとかします」

「だが、本当にできるのか？」

親指で指の側面をそっと撫《な》でられる。電流のようなものが背筋を駆《か》け抜《ぬ》け、千歳は眉根《まゆね》を寄せた。

「――やめてください」

「それに、俺に頼《たよ》った方が気持ち良くなれるぞ」

おまけにしっぽの先で耳の下から喉元《のどもと》までくすぐられ、腰《こし》が甘く疼《うず》いた。

「あ……、なんでこんなこと、するんですか？　僕を辱《はずかし》めるのがそんなに楽しいんですか？」

千歳はヒトにしか見えない。

そのせいで小さな頃《ころ》から一部の獣に執拗《しつよう》に敵意を向けられてきた。ものを壊《こわ》されたり悪口を言われたり。苦痛を与《あた》えられたこともある。

この男は性的に弄《もてあそ》ぶことで千歳をいたぶるつもりなのだろうか。

千歳がヒトだから。獣を穢《けが》す悪《あ》しき存在で、どれだけ傷つけてもかまわない存在だから。

だが、楼嵐は驚《おどろ》いたような顔で首を振った。

「まさか。ああ、まだ言ってなかったか。俺はおまえを愛《いと》おしく思っている」

千歳は落ち着いた色合いの絨毯《じゅうたん》を凝視《ぎょうし》した。楼嵐が口にした言葉の意味が全然頭に入ってこなかった。

「だから逃がしたくない。傍《そば》にいて欲しいし、発情したら俺が全部世話してやりたいと思う。──当然だろう？」

しっぽが離れるなとばかりに千歳の太腿《ふともも》に巻きつく。服越《ご》しにぎゅっと締めつけられ、千歳は小さく喘《あえ》いだ。

しっぽだけではない。甘い声音に脳髄《のうずい》まで蕩《とろ》かされそうだ──。

「──信じません」

硬《かた》い声で突《つ》っぱねると、楼嵐が顎《あご》を引いた。鼻先が首筋に埋《う》められる。

「こんな甘いにおいを振《ふ》りまいて俺を誘惑《ゆうわく》しようとしているくせに？」

かあっと軀《からだ》が熱くなる。壁に押しつけられている手を取り戻そうと力を入れたが、びくともしない。横を見ると、蜂蜜《はちみつ》色の自分の手に合わせられた楼嵐の手が見えた。白く、長い指。自分のとは大きさがまるで違《ちが》う。

敵《かな》わないと悟《さと》ってしまい、千歳は震《ふる》えた。この雄《おす》がそうしたいと思ったら、この手のように組み伏せられ意のままになるしかないのだ。ほんの二日前されたように。

思い出すつもりなんかなかったのに、己《おのれ》の痴態《ちたい》や甘やかな快楽の記憶《きおく》が頭を過《よぎ》る。そうしたらかくりと膝《ひざ》から力が抜けてしまった。

絡み合わされた指がほどけ、くずおれようとしていた躯が危なげなく抱き留められる。

「千歳、においがきつくなってるぞ？」

「……やめてください」

「なにを怖《こわ》がっている。この躯はこんなにも俺を欲しいと言っているのに。本能に従え、千歳」

ぐっと腰を押しつけられ、千歳は唇を噛《か》んだ。躯が密着し、硬くなった千歳の性器が楼嵐の躯に押しつけられる。

「ウサギは躯から堕《お》とせという格言があるが——従うべきかな？」

ウサギは淫乱《いんらん》だから、快楽には逆らえない。つまり、これはそういうことなのだと千歳は理解する。千歳の躯は楼嵐に教えられた性の悦《よろこ》びに屈服《くっぷく》してしまったのだ。

——絶対に僕が、楼嵐を、好き、なわけじゃない——。

あんなことをされたのに好きになったらおかしい。それに、この雄は希少種の純血種。おそらくは高位の華族《かぞく》で、千歳と違ってこんなにも美しい。——千歳を本気で好きになるわけない。

なぜか絶望的な気分になってしまい、千歳は狼狽《ろうばい》した。鬱々《うつうつ》と俯《うつむ》く千歳の尻《しり》の下に楼嵐の両《りょう》腕《うで》が回される。

「わ……なにするんですか！」

いきなり持ち上げられ、考えるより早く細い腕が楼嵐の首に縋《すが》りついた。

「決まっている。その熱を鎮《しず》めてやるんだ。もうこの屋敷から出て行くと言えないよう、うんと気持ちよく、な」

全身から血の気が引いてゆく気がした。またあの悦楽《えつらく》を味わわされるのか――？

「い……、厭《いや》です、下ろしてください。物の怪《け》に弄ばれるなんて御免《ごめん》です」

精一杯《せいいっぱい》の憎《にく》まれ口を叩《たた》く千歳に、楼嵐は流し目を送った。

「俺は物の怪ではないぞ。おまえがここにいてくれれば、もうすぐ消えることもなくなる」

喋《しゃべ》りながら楼嵐は使用人用の階段を上ってゆく。踊《おど》り場を曲がった途端《とたん》、視界が明るくなった。左右に延《の》びる廊下《ろうか》の洋燈《ランプ》が次々と灯《とも》り、分厚い絨毯が照らし出される。

「ずっとおまえの傍にいて、あらゆる獣から守ってやる。――幸せにしてやる」

廊下を悠々《ゆうゆう》と歩くと、楼嵐は我が物顔で主寝室《しゅしんしつ》に入り込み、千歳を大きな寝台に下ろした。

準備は整っている。シーツは清潔な洗いたて、枕《まくら》も陽《ひ》にあて風を通した。

「こんなことのために掃除《そうじ》したわけじゃないのに……っ！」

片手でネクタイを抜くと、楼嵐は千歳の両手首を後ろ手にくくった。もがけば軀の上に跨《また》がられ、くたびれたシャツの釦を外されてしまう。縛《しば》られているせいで脱《ぬ》げなかった外套《がいとう》とシャツはまだ腕に絡みついているものの、肌着《はだぎ》まで胸の上へ引き上げられた。下肢《かし》に穿《は》いていたものすべてを剥《は》ぎ取られ、千歳は心細さに膝を擦《こす》り合わせる。

ずくんと、一昨日《おととい》熱を帯びて腫《は》れぼったくなるまでいじりまわされた腰の奥が疼く。

楼嵐の視線を感じた。剝《む》き出しになった胸に、腹に。細い腰に、性器に——。

ぎゅっと目を瞑《つむ》って縮こまっていると、胸の先になにかが触《ふ》れた。摘《つ》まむのもやっとの小さな粒《つぶ》を、楼嵐がそっと転がしたりつねったりし始める。

そろそろと目を開けると、長く伸ばした舌で舐《な》めようとしていた楼嵐と目が合った。怪訝《けげん》そうな眼差《まなざ》しにまるで感じていないと察した楼嵐が苦笑《くしょう》する。

「気持ちよくないか？」

きゅうっとちっぽけな尖《とが》りを摘ままれ、千歳は眉を顰《ひそ》めた。

別になにも感じない。そこをいじる意味もわからない。

「ふむ。では、これでどうだ？」

視界に突然《とつぜん》入ってきた斑紋《はんもん》の浮《う》かぶしっぽに千歳は目を見開いた。穂先《ほさき》で臍《へそ》の下から胸まで軽く撫で上げられる。効果は覿面《てきめん》だった。

「ひゃ……んっ」

——こ、こんなの、狡《ずる》い……っ！

理想の毛並みを持つしっぽにいたぶられている。そう認識《にんしき》しただけで、膚《はだ》の敏感《びんかん》さが増した。羽根のようにやわらかな感触《かんしょく》をあまさず感じ取ろうと感覚がそこに集中してしまう。

桃色《ももいろ》の乳首《ちくび》をくるくるとくすぐられただけでたまらなくなってしまい、千歳は切なく身をよじった。

――嘘《うそ》……。さっきまでなにも感じなかったのに、こんなことされただけで、感じてしまうなんて……！

きつく噛んだ唇を、楼嵐の指がなぞる。

「おまえは本当に俺のしっぽが好きだな」

「べっ、別にっ、好きじゃ、ないです」

「ほう」

長いしっぽが思わせぶりに揺《ゆ》れた。するんと胸から臍を辿《たど》り、硬くなり始めている若茎《わかくき》へと到達《とうたつ》する。

振り払《はら》いたくても両手は後ろで拘束《こうそく》されている。千歳は嬲《なぶ》られるしかない。

「あ……っ」

裏筋をなぞり上げられ先端の割れ目をすりすりとくすぐられた。触れているか触れていないかも定《さだ》かではないようなやわらかな刺激《しげき》に千歳は頭を仰《の》け反らせよがる。

「あ、ああ……っあ……」

膝頭《ひざがしら》を摑《つか》まれ、きつく閉じ合わせていた足が割られた。ふぐりや尻の割れ目まで無防備に晒《さら》され、千歳は軀を硬くする。そんなところをしっぽの先で蹂躙《じゅうりん》されたりしたら――。

「あっ、だめ、です。やめてお願い、いや……っ」

「目がとろんとしてきたぞ。感じているのだろう？　俺とつがいになれば、いつだってこうしてやる。そら」

もっとも感じやすい部位への愛撫《あいぶ》に、千歳は腰をひくつかせた。

「ふ、あ……あ……」

「それともこっちをこうした方がよかったか？」

幹を伝い落ちた先走りにしっとりと湿《しめ》っていた蕾《つぼみ》に指を突き立てられ、千歳は理性にひびが入ったのを感じた。内側と外側から同時に快楽を与《あた》えられ、無駄《むだ》だと知りつつ首を振る。軀の奥底に隠《かく》されていた快楽の源を指の腹で優《やさ》しく押し潰《つぶ》されると、ひくひくと中が収縮した。楼嵐に触れられている場所全部が煮《に》え滾《たぎ》ったように熱い。

「あああ……」

これ以上、我慢《がまん》できそうになかった。だが、イく、と思った瞬間《しゅんかん》指が引き抜《ぬ》かれた。

どうしてと縋るような眼差しを向けると、楼嵐がスラックスの前をくつろげようとしていた。取り出された性器の雄々《おお》しさに、千歳はぎょっとする。

楼嵐を見ていると、千歳には自分が雄の出来損《できそこ》ないのようにしか思えない。大きな体軀《たいく》も強引《ごういん》さも千歳にはない。グロテスクなほど怒張《どちょう》し反り返ったモノもだ。

なにをされるのかわからないままのしかかられ、蕾に灼熱《しゃくねつ》の肉棒を押し当てられた。とっさに爪先《つまさき》を突っ張って後退《あとずさ》ったが、細い腰《こし》を摑まれ引き戻《もど》され——貫《つらぬ》かれる。

「あ……あ……っ」

ねじ込まれたモノの切っ先が腹の奥まで届いた気がした。

つがいでもないのに、なにをしているんだろう。

楼嵐をくわえ込まされた場所がどくどく脈打っている。だが、どちらの拍動《はくどう》かすらわからない。

「い、い……た……」

力なくもがく千歳の縛《いまし》めがようやく解かれた。それからくちづけられ、千歳は必死に楼嵐の首に縋りついた。なにかに摑まっていないと、軀《からだ》がバラバラになってしまいそうで怖かったのだ。

楼嵐がゆっくりと腰を動かし始める。突《つ》き上げられるたびにいい場所をごりごりと擦り上げられ、千歳は蕩《とろ》けた声を上げた。

怖い。それなのに先端からはぽたぽたと蜜《みつ》が零《こぼ》れ、楼嵐が腰を弾《はず》ませるたびに弾《はじ》けた。甘い痺《しび》れが指先まで広がり、千歳を懐柔《かいじゅう》する。

——なにも考えず、この快楽に溺《おぼ》れてしまえ、と。

「ろうら……ろうらん……っ」

「ああ、いいぞ、千歳。最高だ」

ぐうっと奥まで突き上げられ、四肢《しし》が痙攣《けいれん》する。

「や、やめてくださ……っ、そこ、そこは……」

「うん？　ここか？」

「うあ……っ」

感じてならない場所を執拗《しつよう》に男根の先でこねくりまわされ、千歳は失神しそうになった。今にもイきそうなのに達することができず、もどかしさに身悶《みもだ》えする。

多分、わざとだ。

千歳の性器はほったらかしにされ、腹の間で揺れていた。顔を涙《なみだ》でべたべたにした千歳が音を上げるまで楼嵐は小さな尻《しり》を蹂躙し尽《つ》くす。息も絶え絶えに喘《あえ》ぐ千歳を見下ろし、楼嵐は唇《くちびる》の両端《りょうはし》を上げた。

「イきたいか？」

「ん……っ」

「では、この可愛《かわい》い口でそう言ってみろ」

指が千歳の唇をなぞる。その感触にまで感じた。

屈服《くっぷく》したくなかったが、もう限界だった。

「イきたい、です……」

震《ふる》える声でねだると、ふわふわのしっぽが充血しきった陰茎《いんけい》に巻きついた。官能的なまでになめらかな毛並みが膚の上を滑《すべ》った刹那《せつな》、頂に達する。

「あ……あ……っ」

最奥《さいおう》まで押し込まれた太くて熱いモノをきゅうきゅうと締《し》めつけながら千歳は白を散らせた。

「く……っ」

低く呻《うめ》いた楼嵐にがつがつと中を穿《うが》たれる。千歳は抗議《こうぎ》しようとしたが、開かれた唇は言葉を発さないまま閉じられた。

楼嵐の眉間《みけん》に皺《しわ》が浮いていた。汗《あせ》だくになり、夢中になって腰を振《ふ》っている雄《おす》の姿に胸が熱くなる。

楼嵐も発情しているのだ。千歳の痴態《ちたい》に興奮して。

「ろうら……」

名を呼ぼうとした時だった。もっとも感じる最奥まで楼嵐の熱棒がねじ込まれた。

「あ……っ、嘘、また、クる……っ」

胎《はら》の奥に熱が広がる。楼嵐の子種が注ぎ込まれているのだと理解した刹那、千歳はまた極《きわ》めてしまった。

「あ……あ……」

涙が眦《まなじり》からこめかみへと伝い落ちる。

今度出た体液は薄《うす》く、量もごくわずかだったが、充足感《じゅうそく》は深かった。

楼嵐は千歳を潰してしまわないよう、肘《ひじ》を突き、荒《あら》い息をついている。その喉元《のどもと》、緩《ゆる》んだ襟《えり》の中に、獣化《じゅうか》した時と同じ琥珀色《こはくいろ》の飾《かざ》りが揺れているのが見えた。

なにげなく指を伸《の》ばし、千歳は目を瞠《みは》った。触《ふ》れた瞬間に、飾りが金色の光となって弾けたのだ。

壊《こわ》して、しまった――？

動揺《どうよう》した拍子《ひょうし》にひくりと楼嵐を締めつけてしまう。楼嵐が低く呻いて腰を引いた。抜き出される感触《かんしょく》に敏感《びんかん》になった肉が痙攣する。

「――――！」

洋燈《ランプ》が消えてしまったかのようにすうっと視界が暗くなり――千歳は意識を失った。

＋　＋　＋

翌朝目覚めた千歳は、必死に悲鳴を噛《か》み殺した。

目の前に楼嵐がいた。先に目覚めていたらしい。二つ重ねた枕《まくら》に頭を乗せ、千歳の顔をじっと見ている。千歳は上掛《うわが》けを引っ張り、頭の上までかぶってから考え込んだ。

――なにがあったんだっけ――？

徐々《じょじょ》に記憶《きおく》が蘇《よみがえ》ってくる。幼獣のように他愛《たわい》もなく抱《だ》き上げられここに拉致《らち》されたことや、楼嵐としたこと。

――う、わ――……。

とりあえず現状把握《はあく》はできたので布団《ふとん》をめくると、楼嵐に前髪《まえがみ》を掻《か》き上げられた。

「よく眠《ねむ》っていたな。痛いところはないか？」

「……知りません」

楼嵐の手から逃《に》げるように仰け反り、寝台《しんだい》の端《はし》へと這《は》っていこうとすると、いつの間にか着ていた浴衣《ゆかた》の裾《すそ》を摑《つか》まれた。

「どこへ行く気だ？」

「仕事です。急がないと遅刻《ちこく》してしまう」

飾り棚《だな》に置かれている時計によると、もう市が始まろうとしている。

「今日は休め」

「そういうわけにはいきません。雇《やと》ってくれた釉厳に迷惑《めいわく》が掛かります」

放してくれそうにないので千歳は帯を解き、浴衣を楼嵐の手に残したまま寝台から下りた。身支度《みじたく》をするため階下に下りようと歩き出すと、楼嵐も寝台から下りついてくる。

「おまえは働き過ぎだ。屋敷《やしき》の掃除《そうじ》に家事に古着屋での売り子……露店《ろてん》はこの寒さではつらいだろう？　そんなに頑張《がんば》らなくていい。欲しいものがあるなら、俺が買ってやるぞ。新しい襟巻きなんかどうだ？　今使っているのは大きな繕《つくろ》い跡《あと》があっただろう？　外套《がいとう》も作ってやろう。軽くてあたたかい最上等のを仕立ててやる」

「結構です。僕はあなたのつがいではないですし」

「ならばつがいになろう。なんなら魔法《まほう》の誓約《せいやく》を結んでもいい」

ぞっとした。

「そんなことしないでください！　絶対に」

あまりの勢いに楼嵐が鼻白む。だが、千歳をかまうのは止《や》めようとしない。

「――では、伊織に言って給金を上げさせよう。外では働く必要がない額を支払《しはら》わせる」

前だけを見つめ決して楼嵐を振り返ろうとしなかった千歳が階段の半ばで足を止めた。

「伊織さんのこと、知っているんですか？」

「ああ。俺はこの屋敷の主《あるじ》だからな」

千歳は愕然《がくぜん》とした。ということは、千歳の雇用《こよう》主は楼嵐だったのだ。

「聞いてません。伊織さんは、主は留守だと……」

「ずっと姿を隠《かく》していたからそう言ったのだろう。主の影《かげ》が屋敷内をさまよっているというよりは、留守だということにした方が話を通しやすい」

伊織は物の怪《け》の正体を楼嵐と知っていたくせに黙《だま》っていたというわけだ。こうなることを知っていたのだろうか？　なにも知らない千歳を騙《だま》して楼嵐に差し出した？

「そんなに働いているわけでもないのに増額なんてしなくていいです」

「だが、俺はおまえが買ったお供えも食べたのだぞ」

「とにかくいりません。支度をしなくてはいけないんですから、ついてこないでください」

一階に下り使用人用の浴室で身を清めると、千歳は自室に戻《もど》った。身支度をして帝都《ていと》の地図を懐《ふところ》に仕舞《しま》い込みなに食わぬ顔で仕事に出掛《でか》ける。

日没《にちぼつ》までいつものように勤め上げると、千歳は山の手に向かった。楼嵐に魔法を掛けた高名な魔法使い、タカナシの家を探す。

昨夜、楼嵐は、おまえがここにいてくれればもうすぐ消えることもなくなると言った。あの時はどういう意味かわからなかったが、楼嵐に掛けられた魔法に千歳がなんらかの形で影響《えいきょう》を及《およ》ぼしているということではなかろうか。

名刺《めいし》に記されていた住所は覚えている。山の手一ノ一。忘れようがない。

「ここ、でしょうか……」

見つけた家は寒椿《かんつばき》の生垣《いけがき》で囲まれていた。赤い花が濃《こ》い緑のところどころに、それから足下《あしもと》に積もる白い雪の上にも咲《さ》いている。

立派な門構えの前で千歳は逡巡《しゅんじゅん》した。『タカナシ』は客でもない突然《とつぜん》の来訪者を迎《むか》え入れてくれるだろうか？

魔法使いは裕福《ゆうふく》だという話通り、瓦《かわら》屋根の屋敷は大きい。だが、格子戸《こうしど》の向こうは静まり返っており、明かりもついていなかった。

生垣の隙間《すきま》から中を覗《のぞ》き込んでいると、声を掛けられる。

「なにをしている」

「あ……」

いつの間にか背後に立っていたのは、くたびれた着物を着た中年男だった。櫛《くし》を通してなさそうなぼさぼさの髪《かみ》を、頭の後ろでいい加減に括《くく》っている。頭の上に突《つ》き出る獣耳はなく、千歳と同じ膚《はだ》色の耳が左右についていた。

――本物のヒトだ。

千歳は頭からかぶっていた襟巻きを引き下ろした。

「あの、タカナシさまという方とお会いしたいんです」

「ふうん。おまえはヒトか？……いや、それにしては魔力量が少ない……か……？」

男の目が鋭《するど》い光をたたえた。太い指が無精髭《ぶしようひげ》の生えた顎《あご》を擦《さす》る。

「そんなことがわかるんですか？」

「そりゃ、魔力が足りなくて魔法が発動しない、なんてことになったら大事だからな。名前を聞いても？」

男と千歳の二人しかいない通りはとても静かだ。

「千歳です。両親はウサギなんですが、ご先祖さまにヒトがいたらしくて」

「なるほど。それでその姿にその魔力量ってわけだ。用件はなんだ」

「タカナシさまが楼嵐に掛けた魔法についてお聞きしたいんです」

どこかでどさりと雪の落ちる音が聞こえた。

「楼嵐公爵《こうしゃく》の魔法について？　なぜそんなことが聞きたい」

「公爵？　楼嵐、さまは公爵なんですか？」

華族《かぞく》と聞いて、千歳はとっさに『さま』をつけた。本当に生きた獣《けもの》ならば高位にあるのだろうとは思っていた。だが、改めてそうだと告げられるのは衝撃《しょうげき》だった。

どくんどくんと鼓動《こどう》が強まる。

「まあ、十七年も前に姿を隠してしまったから、若い獣は知らないかもしれんな」

「あの、僕は今、楼嵐さまのお屋敷の管理人を務めているんです。それで、楼嵐さまとお会いして」

「ああ、そういうことか。わかった。入れ」

男が千歳の脇《わき》を通り抜《ぬ》け、門を開ける。まるで自分の家であるかのように。

「あの、あなたは――？」

からりと格子戸を引き開けたところで、男が門の外で立ち竦《すく》む千歳を振《ふ》り返った。

「ああ、聞くばかりで名乗ってなかったな。俺がタカナシだ」

本物の魔法使いに招き入れられた家は古く、廊下《ろうか》の床板《ゆかいた》などは黒光りしていた。隙間風がいくらでも入ってきそうなものだが、楼嵐の屋敷同様あたたかい。幅《はば》の広い廊下には手製らしい危なっかしい棚《たな》が設《しつら》えられており、大小さまざまな植木鉢《うえきばち》が置かれている。

茂《しげ》り過ぎた葉が袂《たもと》に触《ふ》れた。狂《くる》い咲く桜のはなびらが黒い床板の上に点々と浮《う》かび上がっている。千歳は地に足がついていないかのようなふわふわした足取りで、導かれるまま屋敷の奥へと足を進めた。

招き入れられたのは応接室らしい部屋だった。壁際《かべぎわ》に本棚、中央にソファセットを据《す》えられた空間は、元々は居心地《いごこち》よかったのだろうが、溢《あふ》れだした大量の本や一抱《ひとかか》えもある植木鉢に床もテーブルの上も占領《せんりょう》されてしまっている。閉められなくなっている障子の向こうは縁側《えんがわ》になっており、硝子戸《ガラスど》越《ご》しに雪に覆《おお》われた庭で数人の男女がなにかしているのが見えた。応接室の明かりがついたのに気づくと、一斉《いっせい》に振り返って挨拶《あいさつ》する。

「おかえりなさいませ、先生」

「ああ」

「おかえりなさい」

どうやら彼らはタカナシの弟子《でし》らしい。

ぞんざいに手を振ると、タカナシはどさりとソファに腰《こし》を下ろした。

「座れ」

向かいの席を示され、千歳も一人掛《が》けのソファに座る。

「君が管理人になったということは、楼嵐公爵が姿を現しつつあるな？」

「現しつつある……？　って、どういうことですか」

タカナシは卓上《たくじょう》に置いてあった紙巻き煙草《たばこ》の箱を手に取り一本抜いた。火をつけると独特のにおいが部屋に広がる。

「君は管理人になってからどれぐらいだ？」

「一カ月くらいです」

「寝起《ねお》きをしているのはあの屋敷《やしき》だな？」

「はい」

「楼嵐公爵は君を追い出そうとはしなかった」

「……はい」

タカナシは得心がいったようだった。

「では、もう秘密を守る必要はないな」

翠《みどり》がかった色の煙《けむり》を吐《は》き出し、うっそりと笑《え》む。

「どういうことですか？　なぜ楼嵐、さまは幽霊《ゆうれい》みたいに消えたりするんですか？」

「さて、どこから説明したらいいのか。俺が楼嵐公爵に受けた依頼《いらい》は、誰《だれ》にも煩《わずら》わされない場所に隠棲《いんせい》したいというものだった。もちろん、普通《ふつう》なら身を隠すのに魔法を用いたりしない。だが、公爵は天子さまの気に入りだったからな。帝都を離《はな》れたくらいでは連れ戻されてしまう」

「じゃあ、楼嵐さまは魔法で幽霊になった……？」

「少し違《ちが》う」

タカナシが手を差し出す。少し躊躇《ためら》ったものの千歳も手を伸《の》ばすと、手首を摑《つか》まれた。

その刹那《せつな》、硝子戸越しに聞こえていた弟子たちの声がふっと遠くなる。部屋が一瞬《いっしゅん》で水底《みなそこ》に沈《しず》んでしまったかのように景色が歪《ゆが》み、光も鋭さを失《な》くした。壁《かべ》や弟子たちの姿は半ば透《す》け、今にも溶《と》けて流れてしまいそうだ。

「楼嵐公爵はずっとこういう世界にいた」

「お弟子さんたちは一体――？」

「あいつらは変わりない。あいつらには俺たちが突然姿を消したように見えている。ここは我々が属している世界からほんの少しずれているだけの異界だ。時の流れが現《うつ》し世と違って曖昧《あいまい》で腹も減らない。微睡《まどろ》んでいれば一年や二年あっという間に過ぎる」

タカナシが手を放すと、遠くくぐもっていた弟子たちの声が一気に大きくなり、景色が鮮明《せんめい》になった。鉢植えの緑と土のにおいが鼻腔《びこう》を満たし、この世界はなんて濃厚《のうこう》な生の気配に満ち溢れているのだろうと改めて感銘《かんめい》を受ける。

「楼嵐さまが消える時はさっきの世界に行っていたってことですね？」

「そうだ。だが、送り込んだはいいが、帰りたくなった時に帰れなくては困るということで、

た。

「こういうものを渡《わた》した」

なにもなかったはずのタカナシの掌《てのひら》に、楼嵐がいつも首に下げていた琥珀色《こはくいろ》の飾《かざ》りが出現する。立方体の金属の枠《わく》に閉じ込められた琥珀の中ではとろりとした液体がほんの少し揺《ゆ》れていた。

「屋敷にも術が掛《か》けてあり、内部の魔力《まりょく》がここに集積されるようになっている。魔法が解除されるまで屋敷の外へは出られないが、中身が満ちれば満ちるほど公爵がいる世界は現し世に近づく。いっぱいになればこれは光となって消え、魔法は終わる」

タカナシが飾りを揺らすと、景色が揺らぎ、現し世が近づいたり遠くなったりした。

「つまり、魔力を持つ僕が管理人になったから、楼嵐さまは現し世に帰ってきたんですか？」

――きっと管理人は魔力さえあれば千歳でなくともよかった。この飾りがあれば楼嵐は現し世に一時的に姿を現すことができる。千歳が悪いことをしようとしたら止められる。押し込み強盗《ごうとう》を撃退《げきたい》した時のように。常に視線を感じたのは千歳を監視《かんし》していたからだろう。千歳が採用されたのは信用されていたからでもなんでもなかったのだ。

「君でなく、獣でも構わない。この世界にあるものはすべてごく僅《わず》かではあるが魔力を持っているからな。一年も滞在《たいざい》すれば同じ結果になっただろう。ただ、君なら二ヵ月も掛からない。触れるほど傍《そば》にいれば屋敷を介《かい》さず直接魔力を摂取《せっしゅ》できるからさらに早まる」

眩暈《めまい》がした。部屋がぐるぐる回り始める。

では、膝《ひざ》に乗ってきたのも布団《ふとん》にもぐり込んできたのもそのためだったのだろうか。

「距離《きより》が近ければ近いほど、効率よく魔力を取り込める――？」

「そうだ」

膚を合わせたのも、魔力のため？

「帰還《きかん》まで十七年も掛かったのは、公爵が魔法を維持《いじ》するために管理人たちを追い出してきたからだ。君が追い出されていないということは、ようやく現し世に戻《もど》る気になったのだろう。天子さまは喜ぶだろうな」

そして千歳はもう金色の光が散るのを見た。千歳の魔力はもう、必要ない。

「そもそも、楼嵐さまはなぜ隠棲したいと願ったんですか？」

「個人的な事情にまで立ち入る気はないから聞いてないな。だが、あの頃《ころ》よく公爵の縁談《えんだん》が取り沙汰《ざた》されていた」

縁談。

千歳は唇《くちびる》を閉《と》ざした。

――本当に嘘《うそ》だった。全部。

ほっとすると同時に、虚脱《きよだつ》感に襲《おそ》われる。

「さて、今度は俺の質問に答えろ。君は魔法を使えるのか？」

千歳はほとんど考えもせず機械的に答えた。

「はい。一つだけですが」

「どんな魔法だ？」

千歳は胸の前で両手を組み合わせた。目を伏《ふ》せて祈《いの》る。花が欲しいと。

どんな胸の痛みも忘れさせてくれるような、綺麗《きれい》な花が。

ポンと音を立てて飛び出してきた花に、タカナシが初めて驚《おどろ》きを露《あら》わにした。

「……面白《おもしろ》いな。とてもいいにおいがする。——胸が痛くなるような、甘くて、苦い——？」

現れたのは月下美人だった。見たこともないような大輪で、なにかを訴《うった》え掛けるかのように強い芳香《ほうこう》を放っている。タカナシは花を拾い上げると、翳《かざ》してみたり鼻を寄せてみたりした。

「西地区の八幡《はちまん》さまの市で花屋を開こうと思っているんです。よかったら、買いにきてくださいね」

タカナシが信じられないと言わんばかりの顔をした。

「魔法で出した花を？　市で売るのか？　ずいぶんともったいないことをするんだな」

魔法は貴重だ。現にタカナシは魔法を売るたびに目の玉が飛び出るような金を得ている。だが、一つしか魔法を使えない千歳が暮らしているのは獣《けもの》の世界だった。そして千歳が魔法で出せるのは眺《なが》めて楽しむだけのもの。高い値などつけられない。

「僕は、ヒトみたいには、できないから……」

贅沢《ぜいたく》な暮らしなど望んでいないのにちりちりと胸が灼《や》けた。

それからもあれこれと話をしたはずだがよく覚えていない。月が昇《のぼ》る頃、千歳はタカナシの屋敷を辞去し最低の気分で家路を辿《たど》った。

――家路？　あそこは僕の家じゃないのに？

唇が皮肉っぽく歪む。

だが、楼嵐が気に入らないからといって飛び出すわけにはいかなかった。今は冬だ。呼吸をするたびに息が白く凍《こお》る。あたたかなねぐらがなければ生きてゆくことさえ難しい。伊織に断りなく仕事を放棄《ほうき》するわけにもいかない。

――一人でやっていける目処《めど》がつくまでは、我慢《がまん》するしかない。

楼嵐に気づかれないようにできるだけ静かに通用門を通り抜《ぬ》け、勝手口の扉《とびら》を開け――千歳は開けたばかりの扉を閉めた。ごつんと扉に額をぶつける。勝手口の前では、獣化した楼嵐がお座りして待ち構えていた。

「……魔法は解除できたはず。僕はもう、用済みなのに、どうして」

――どうして、待っているんだ――？

諦《あきら》めて再び扉を開け中に入る。待ちかねたと言わんばかりの勢いで、ユキヒョウが千歳の足《あし》下《もと》に纏《まと》わりついてきた。

「いい成獣《おとな》がなにしてるんですか」

力なく窘《たしな》めると、つい昨夜、千歳を組み伏せ蹂躙《じゅうりん》した雄《おす》がつぶらな瞳《ひとみ》で見つめてくる。それだけでも十分あざといのに、ユキヒョウはバツが悪そうに耳をへたらせ、にゃあと鳴いた。卑怯《ひきよう》だ。

「お腹《なか》が減ってるんですか？　じゃあ、なにか――」

襟巻《えりま》きと外套《がいとう》を脱《ぬ》いでいると、ユキヒョウにズボンの裾《すそ》をくわえられる。

「……なんですか？」

引っ張られてついてゆくと、ユキヒョウは階段を上り、豪華《ごうか》絢爛《けんらん》な大広間へと入っていった。以前千歳が見た時はなにもなかったのに、クロスの掛かったテーブルが一台だけ出ている。重箱と酒器が並び、ソファも窓から月と星がよく見えるよう置いてあった。

「え……これ、夕餉《ゆうげ》、ですか？」

にゃあ。

口を利《き》く気はないらしい。肯定《こうてい》するように鳴くと、ユキヒョウは千歳の服を引っ張って、ソファの中央、重箱の前に座らせた。自分はテーブルに乗ると、しっぽでたしたしと重ねてある重箱の傍を叩《たた》く。開けろと言っているのだ。

三段重ねの重箱を開け、千歳は胸を喘《あえ》がせた。買ってきたのか誰《だれ》かに作らせたのか、重箱の中身は豪勢《ごうせい》だった。

――手がつけられていない。食べないで、僕が帰ってくるのを待っていた？　どうしてだ？

酒器の持ち手をくわえたユキヒョウが盃《さかずき》に酒を注いでくれる。爽《さわ》やかな香気《こうき》に、なぜか目の奥が熱くなった。

――僕のことなんかどうでもいいくせに。利用するためにここに引き留めていただけで、つがいになって欲しいなんて思ってないくせに。

この獣はまるで本当に千歳が好きであるかのように、機嫌《きげん》を取ろうとしている。

――きっと、僕にはまだ利用価値があるんだ。これはそのための餌《えさ》。気持ちなんかない。そうに決まってる。

「すみませんでした」

俯《うつむ》いた千歳に、ユキヒョウは翠《みどり》色の目を瞬《またた》かせ、小首を傾《かし》げた。

「ずっと貧乏《びんぼう》くさい料理ばかり食べさせて。あんなの、口に合いませんでしたよね」

帝都《ていと》では新鮮《しんせん》な魚介類《ぎょかいるい》を手に入れるのは難しいのに重箱の中には各種の刺身《さしみ》があった。煮物《にもの》は茶色くなどないし、飯には色鮮《いろあざ》やかな豆が炊《た》きこんである。きっとこれがユキヒョウが本来日常的に口にしてきた食事なのだろう。

ユキヒョウが全身の毛を逆立てた。

「そんなことはない」

千歳の膝に前肢《まえあし》を置き、もどかしげに熱弁する。

「おまえが作ってくれたものはどれもうまかった。これはその、詫《わ》びだ。おまえの機嫌を取りたくて」

――凄《すご》い。嘘を言っているように、全然見えない。

千歳は頬《ほお》を歪《ゆが》ませるようにして微笑《ほほえ》む。

「今日はだんまりを決め込む気かと思ってました」

「う……っ」

ユキヒョウは項垂《うなだ》れると、おずおずと頭のてっぺんを千歳の手に押しつけた。なめらかな毛並みがたまらない。

「その、悪かった……機嫌を直してくれないか？　贔屓《ひいき》にしている料亭《りょうてい》のだからまずくはないと思う。俺にとっての一番の馳走は、おまえの手料理だが」

そわそわと泳ぐ目の可愛《かわい》さにほだされそうになり、千歳は目を逸《そ》らす。

「嘘ばっかり」

「嘘ではない。――夕餉はもう済ませてしまったのか？」

不安そうにへたる耳を見てしまったら、済ませましたなどという嘘はつけない。まだです、と呟《つぶや》き箸《はし》を取り試《ため》しに食べてみた昆布《こぶ》巻《ま》きは上品な味つけで文句のつけようがなかった。

「おいしい……。あなたは食べないんですか？」

料理はどう見ても一人前ではない。だが、獣化したままでは食べられなかろうと思ったら、あーんと口を開けられた。

「……引くんですけど」

「嘘をつけ。獣化した俺に構うのが好きなくせに」

その通りだった。利用されていると知っても、怒《おこ》るより先に哀《かな》しいと思ってしまうほどに好き。

「俺にあーんなど、天子さまくらいしかしたことない贅沢なのだぞ」

「あなた、天子さまとなにをしてるんですか」

ぶちぶち言いながらも昆布巻きをもう一つ取って口の中に入れてやると、ユキヒョウは嬉《うれ》しそうに喉《のど》を鳴らした。我慢できずに頭を撫《な》でてやると、膝《ひざ》の上で腹を見せて寝転《ねころ》がる。あざとい。だが、手が勝手に腹毛をわしゃわしゃと撫でまわしてしまう。千歳の完敗だ。

「なんて腹立たしい獣なんだろう、あなたは」

「俺の躯《からだ》を撫でまわしながら言うことかそれが」

千歳は盃の酒を一息に飲み干すと、熱い溜息《ためいき》をついた。仲直りなどできないが、この屋敷《やしき》を出ていけない以上ひとまず休戦だ。ユキヒョウがまめまめしく注ぎ足してくれる酒を飲み、初めて食べる美食に舌鼓《したつづみ》を打つ。完食すると厨《くりや》に空になった重箱を運んでざっと汚《よご》れを落としたが、その間中、ユキヒョウは千歳の足下にうろうろ纏わりついていた。

軽く湯あみして寝間に戻《もど》り布団《ふとん》を敷《し》けば勝手にもぐり込んでくる。

「なんで入って来るんですか。あなたには立派な寝台《しんだい》がありますよね」

「千歳の傍《そば》にいたいのだ。なにもしないぞ。添《そ》い寝するだけだ」

嘘《うそ》ではない気がした。

それに、酒気が回っていて追い出すのも面倒《めんどう》だった。

千歳も布団に入って横になる。ごそごそと寝返りを打って、心地《ここち》のいい姿勢に落ち着き静かになった頃《ころ》、ユキヒョウが言った。

「待っても待っても帰ってこないから、もう帰ってこないのではないかと思った」

静かな声が、千歳の胸に波紋《はもん》を刻む。

「頼《たの》むから突然《とつぜん》消えたりしないでくれ」

苦しそうな声も嘘を言っているようには聞こえなくて、千歳は僕の耳は信用できないなと思った。

＋　＋　＋

これまでと同じ日常が戻ってきた。

朝餉を済ませると、千歳は握《にぎ》り飯で膨《ふく》らんだ風呂《ふろ》敷包《しきづつ》みを手に市に行く。市に入ると、あちこちからおはようの声が聞こえてくる。千歳に挨拶《あいさつ》してくれる獣《けもの》の数は日に日に増えていた。

千歳もおはようを返し、設営をしている釉厳のもとに行く。準備が終わっても朝イチは客が少ない。空腹を癒《いや》すため握り飯を頬張《ほおば》っていると、同じく暇《ひま》だったらしくぶらぶらやってきたおでん屋に襟《えり》に指を突《つ》っ込まれた。

「千歳ー」

「……なんですか？」

うなじにひんやりとした空気が流れる。襟の中を覗《のぞ》き込まれているのだと気づいた千歳は上半身をねじっておでん屋から逃《のが》れた。

「随分《ずいぶん》情熱的な恋仲《こいなか》がいるようじゃねえか。すごく素敵《すてき》なしっぽの持ち主とやらか？　んん？」

既《すで》に湯あみをした時に跡《あと》を残されたことに気づいていた千歳はつんとそっぽを向き、握り飯の残りを頬張る。

「おでん屋さんには関係ないです」

「あるだろうが。祝言《しゅうげん》挙げるとなりゃ、祝いの品を用意してやらなきゃならねえ」

「大丈夫《だいじょうぶ》です。そんな話にはなりませんから」

「なんでだよ」

「なんでって……僕はヒトみたいな姿をしてるんですよ？　祝言を挙げようなんて獣はいません。いたとしても家族に反対されて終わりです。おでん屋さんだって娘《むすめ》さんがもし僕と祝言を挙げたいって言い出したら、反対するでしょう？」

「はあ？　ざけんな、ミツは誰にもやらん！」

突如《とつじょ》としていきりたったおでん屋に釉厳が苦笑《くしょう》する。

「千歳くん千歳くん、おでん屋はみっちゃんの相手が誰でも反対するから」

「そういえば、そうでした。でも、普通《ふつう》の獣と僕なら普通の獣を選ぶでしょう？」

釉厳が哀しそうな顔をした。

「そんな顔しなくていいです。親ならむしろそうするべきなんです。僕みたいな子が生まれたら、しなくていい苦労をすることになりますし」

小さく微笑み千歳は言う。厭《いや》だと思っても獣の心など簡単に変えられるものではない。

「まあでもいつか、それでも千歳くんと一緒《いっしょ》になりたいっていう獣が現れるんじゃないかな。千歳くん、真面目《まじめ》で働き者だから。そうしたらちゃんと捕《つか》まえるんだよ？　つがいがいるって素晴らしいことなんだから」

釉厳がしみじみと言う。幸せの絶頂にいる奴《やつ》が言うと説得力が違《ちが》うなとおでん屋が笑った。千歳も淡雪《あわゆき》のような笑《え》みを浮《う》かべ、知ってると思う。千歳の両親は仲睦《なかむつ》まじい。ああいう風に愛し愛される相手がいたらとは思うが、無理だ。

手紙はまだ届かない。千歳は両親を捜《さが》しに行くことを本気で考え始めていた。帝都を引き払《はら》って、両親を追う。発見してももう帝都には戻らない。かつてと同じように三匹《びき》で暮らす——

そこまで考えて千歳は首を振《ふ》った。だめだ。自分が一緒にいるとまた両親に負担を掛けることになる。

「ああそうだ、千歳くん。古着屋、今日で一旦《いったん》閉めようと思っているんだ」

「――――え？」

千歳ばかりでなくおでん屋も驚《おどろ》いたようだった。

「なんでだ。なにかあったのか？」

「いや。ただ出産がいよいよらしいんだ。初産《ういざん》だし、傍にいてやりたい。千歳くんのおかげで、懐《ふところ》にも余裕《よゆう》があるしね」

「ああ、そういうことですか」

明日《あした》からここでの仕事はない。そう思うと、慶事《けいじ》を祝福したい一方で心許《こころもと》ない気分になった。千歳の心を見透《みす》かしたかのように、釉厳が肉厚な手を肩《かた》に置く。

「そうなると、この場所が空くわけなんだけど、千歳くん、明日からここで花屋を開いてみないか？　場所代はもう月末の分まで払ってあるんだ。顔役にも、もし千歳くんがその気ならいって言質《げんち》を取ってある」

にわかには信じられず、千歳はまじまじと釉厳の顔を見た。花屋を開ける？　ここで？

「……いいんですか？」

「もちろん。お客さんも手ぐすね引いて待ってるし、こつこつと準備を進めていたのは知っているよ。僕が戻ってくるまでだけど、どうだい？」

場所代は払おうと思いつつ、千歳は深々と頭を下げた。返事は最初から決まっていた。

「ありがとうございます……！」

その日一日の営業が終わると、釉厳は以前顔役が被《かぶ》せたキャスケットを餞別《せんべつ》にくれた。もうヒトであることを見せびらかして獣たちの反応を見る必要はない。千歳も回復途中《とちゅう》の魔力《まりょく》を振り絞《しぼ》り、羽菜の安産を祈念《きねん》しながら作った花束を釉厳に託《たく》した。

翌日には千歳は自分で用意した木桶《きおけ》を持ち込んで花屋を開店した。鈍色《にびいろ》の冬景色の中、あたたかな色彩《しきさい》が目立つのか花はよく売れた。決して安くはないのに昼過ぎには完売してしまう。もっと花を売りたいが魔力がなくてはどうしようもない。毎日店は早仕舞《はやじま》いだ。

週に一度、手紙が来ていないか確認《かくにん》するため伊織の家に行く日以外はまっすぐに屋敷に帰った。もう、身を隠《かく》す魔法はほどけたというのに楼嵐はいつも屋敷にいて千歳を迎《むか》える。

「――おかえり」

勝手口を開け、両手を広げ待ち構えている楼嵐を見るたび、千歳の心は不安定に揺《ゆ》らめいた。

「ただ、いま……」

抱擁《ほうよう》になどこたえる気はない。そそくさと横を通り抜《ぬ》けようとする。そのまま行かせてもらえる日もあるが、三日に一度は腕《うで》を掴《つか》まれ、扉《とびら》を閉めるのもそこそこに壁際《かべぎわ》に追い詰《つ》められて揉《も》み合うことになった。

「ちょ……っ、厭です……！」

「厭？　そんなことがあるはずなかろう？　こんなに甘いにおいをさせて……」

否定したいが、できない。

出すものがなくなるまで可愛《かわい》がられても、二日もすれば千歳の軀《からだ》は飢《う》えを訴《うった》え始める。性に関する部分では明らかにウサギの血が強く、若いせいか発情を抑《おさ》えられない。抱《だ》き竦《すく》められ楼嵐のにおいに包まれるとそれだけで軀の芯《しん》が疼《うず》いた。頭がくらくらして、えっちなこと以外考えられなくなってしまう。

——どうして、僕のカラダはこんななんだろう……！

「それとも千歳は、こんなに好色なにおいをぷんぷんさせて外を歩きたいのか？　きっと皆《みな》、呆《あき》れるぞ。生真面目《きまじめ》そうな顔をして千歳は色狂《いろぐる》いかと」

「や、です……っ」

「だから俺が鎮《しず》めてやると言っている」

こういう時、楼嵐はわざと耳元に口を寄せ、とびきり艶《なま》めいた声で囁《ささや》き掛けてくる。千歳がそうされるのに弱いと知っているのだ。

「あ……」

小さな尻《しり》を鷲掴《わしづか》みにされ、千歳は喘《あえ》いだ。おまけにしっぽで喉《のど》をくすぐられ、軀の力が抜けてしまう。

――卑怯《ひきょう》、だ……。

外套《がいとう》も脱《ぬ》いでいないのに、ズボンが引き下ろされた。千歳を壁に寄り掛《か》からせた楼嵐は床《ゆか》に膝《ひざ》を突き、立ったままの千歳の性器に食《く》らいつく。

「あ……や、やめてください……っ、まだ扉も開いてるのに……っ」

冷たい隙間風《すきまかぜ》が剝《む》き出しになった下半身を撫《な》でてゆく。だが楼嵐は扉を閉めに行くどころか、隠しから取り出した容器からたっぷりと軟膏《なんこう》をすくいとると、千歳の蕾《つぼみ》に指を突き入れた。

「ひ、あ……！」

ぬくぬくと中を掻《か》き回される。舐《な》め回された前も後ろ同様、ドロドロになってしまった。細い声で喘ぎながら、千歳は扉の隙間を横目に見つめる。

――大丈夫、客なんか来た例《ため》しないし。通用門までは距離《きょり》もあるし。多少扉が開いていたところで誰《だれ》にも見られたりしない……。

必死に己《おのれ》に言い聞かせる千歳の軀を、楼嵐が反転させ壁に縋《すが》らせた。

「そういえば、そろそろ伊織が帝都《ていと》に戻《もど》ってくるはずだな。到着《とうちゃく》したら、俺に挨拶《あいさつ》にくるかもしれないな。あるいはリツが手紙を届けに来てくれるかも」

「……！」

数日おきに抱かれているせいですっかり感じやすくなってしまった蕾に楼嵐の切っ先が押し当てられる。

「扉を開けて――こんなことをしているのを見たら、どう思うだろうな？」

「あなた――意地悪です。……んっ」

一気に突《つ》き上げられ、千歳は壁に爪《つめ》を立てた。

認めたくないが、馬鹿《ばか》になってしまいそうなくらい気持ちいい。

荒々《あらあら》しく穿《うが》たれると、甘い鼻声が漏《も》れてしまう。口から出まかせだと思いつつも、千歳は開いている扉をちらちら見てしまった。本当に伊織やリツが来て、千歳が雌《めす》のように種つけされているのを見たら、どう思うだろう。

考えまいと思えば思うほど考えてしまう。感じまいと思えば思うほど熱い内壁《ないへき》が楼嵐の雄《おす》に絡《から》みついた。

「あ……あっ、駄目《だめ》。お願い、そこは、ああ……っ」

「意地悪なのはおまえの方だ。いい加減に諦《あきら》めて俺とつがいになると言え。もう俺なしではイくことすらできないんだろう？」

楼嵐の言う通り最初から強烈《きょうれつ》な快感を仕込まれてしまった千歳は、自慰《じい》というものができなくなってしまっていた。自分の手で擦《こす》ったりいじったりしたところでちっとも気持ちよくなれない。しっぽで撫でられたら一発なのに。

――とりあえずは楼嵐が言う通り、においを消すためにはこうする以外ない。必要なことなんだから、我慢《がまん》、しないと……我慢、がまん……。

するりと膝の裏をしっぽの先でくすぐられ、千歳は身をよじった。壁に頬《ほお》を押し当て、嬌声《きょうせい》を上げる。

「ああ……！」

下腹部がびくびくと痙攣《けいれん》する。壁に白が飛び散った。

壁に沿ってずるずるとくずおれようとする千歳の中から、まだ隆々《りゅうりゅう》とした楼嵐が抜き出される。

「んっ」

からっぽになった中が淋《さみ》しいと思う間もなく床に仰向《あおむ》けに横たえられ足を開かされた。

「まだだ」

片方だけブーツが脱がされ、ズボンを抜かれる。まるで玩具《おもちゃ》で遊ぶかのように思う通りの姿にされ、再びいきりたった雄に貫《つらぬ》かれた。

「あ……ん……」

気持ちいい。

気がつけば千歳は夢中になって快楽を追っていた。

荒《あら》っぽく揺さぶられながら薄《うす》く目を開き、己を貪《むさぼ》っている雄を見上げる。

もう外に出られるのに、どうしてこの獣《けもの》は千歳相手にこういうことをしたがるのだろう。深窓の令嬢《れいじょう》だろうが娼妓《しょうぎ》だろうが選《よ》り取り見取りだろうに、楼嵐は千歳が発情するのを手ぐすね引いて待ち構え、抱こうとする。

――縁談《えんだん》もあったと言ってた……。希少種なら余計に子を生《な》すべきなのに、どうして、僕なんかとこんなことを……。

つきつきと胸が痛んだ。楼嵐が低く呻《うめ》く。

「そんなに締《し》めつけるな。ちゃんと満足するまで抱いてやる」

千歳は唇《くちびる》を噛《か》み、楼嵐に縋りついた。そうせずにはいられなかった。

「もう……いやです。いや……っ」

結局脱げなかった外套の下、肌着《はだぎ》もシャツも汗《あせ》で湿《しめ》ってしまっていた。黒っぽい外套の下から伸《の》びる脚《あし》はやけに生白く、どきりとするほどなまめかしい。せわしない呼吸音と水音がいつまでも続く。楼嵐の長身に組み敷《し》かれた千歳の軀はちっぽけで、乱暴に扱《あつか》えばたやすくぽきりと折れてしまいそうなあやうさがあった。

＋　＋　＋

「こんにちは」

道行く獣たちをぼんやり眺《なが》めていた千歳は、声を掛けられ慌《あわ》てて顔を上げた。

店の前に三匹《びき》の獣がいた。

声を掛けてきたのは闊達《かったつ》な笑《え》みを浮《う》かべ、栗色《くりいろ》の髪《かみ》を胸元《むなもと》まで垂らした女学生だ。父親らしい片眼鏡を掛けた雄と、使用人らしい口髭《くちひげ》を生やした中年の雄が一緒《いっしょ》にいるところを見ると、いい家のお嬢さまなのだろう。

いつもの習慣で、千歳は獣耳としっぽに目を走らせる。くるりと巻いたしっぽと威圧《いあつ》的にぴんと立った耳から察するに、お嬢さまと父親は恐《おそ》らく犬だ。使用人はイタチだろうか。悪くない毛並みだが、楼嵐を見慣れてしまった千歳の目には凡百《ぼんぴゃく》に映る。

「いらっしゃいませ」

急いで立ち上がろうとした拍子《ひょうし》にしっかりかぶっていなかった帽子《ぼうし》が落ち、千歳は慌てて拾い上げかぶりなおした。だがもう遅《おそ》い。

「ヒト、だと？　ヒトがなぜこんなところで花屋などやっている」

父親が侮蔑《ぶべつ》も露《あら》わに吐《は》き捨てる。どうやらこの父親は、ヒトと見れば敵意を抱《いだ》く種類の獣だったらしい。憂鬱《ゆううつ》な気分になるが、一々気になどしていられない。

「僕の両親はウサギです。魔法《まほう》もこれしか使えませんし、僕はヒトではありません」

「ふん。つまり、ヒトの出来損《できそこ》ないか」

「お父さま！」

娘《むすめ》が父親を振《ふ》り返り、ちょっとびっくりするぐらい強い語気で言った。父親が口を閉《と》ざすと、千歳に向き直る。

「ごめんなさいね、お父さまの言う事なんて気にしないで。私、お花を買いに来たの。今夜ちょっとした集まりがあって、皆をびっくりさせたいのよ。たとえば、この真冬に生花で髪を飾《かざ》って登場するとかして」

どうやら娘は、古着屋のおまけからこの計画を思いついたらしい。

「合わせるのはお着物ですか？　洋装ですか？　お色は決まってらっしゃいますか？」

氷のように冷たい父親と使用人の目を気にしながら尋《たず》ねると、娘は端切《はぎ》れで作ったのだという小さなきんちゃく袋《ぶくろ》を見せた。

「勿忘草《わすれなぐさ》色の振袖《ふりそで》よ」

深みのある綺麗《きれい》な色だ。そして見るからに上物だ。着物に負けない華《はな》やかさと、あたたかい部屋での保《も》ちの良さを考慮《こうりょ》しつつ、千歳はいくつかの組み合わせを提案した。娘が気に入ったのは淡《あわ》い色合いの牡丹《ぼたん》に、白と桃色《ももいろ》の小花。結《ゆ》った髪にバランスよく挿《さ》せばきっと映《は》えることだろう。

「お父さま」

娘が振り返ると父親が財布《さいふ》を取り出す。千歳が花を括《くく》って差し出すと、娘は鼻を寄せてにっこりと微笑《ほほえ》んだ。

「いいにおい。これで皆《みな》を出し抜《ぬ》けるわね。でも、こんな市で売ってるなんてもったいない気がするわ。この花なら目抜き通りに店を出しても飛ぶように売れそうなのに」

千歳は苦笑《くしょう》した。そのことについてはもう何度も色んな獣に言われていた。

「ありがとうございます。でも、目抜き通りなんて、それこそ僕にはもったいないです」

本当は大した量の花を出せない現状では採算が取れないからだが、そんなことまで言う必要はない。

「そうかしら。ねえ、お父さま、どう思う？」

娘が父親に花束を差し出す。においを嗅《か》がせたかったようだが、父親は露骨《ろこつ》に顔を顰《しか》めた。

「私にはこれがいいにおいとは思えんな」

――ヒトの花など、においを嗅ぐのもいやだということだろうか。

緊張《きんちょう》したものの、それ以上千歳を詰《なじ》ることはなく、父親は娘と使用人を引き連れ帰っていった。ほっと息をついたのも束《つか》の間、一刻も経《た》たないうちに使用人が戻《もど》ってくる。

「おい、御前《ごぜん》が花をお求めだ」

「……ありがとうございます。どのような花を何本御入り用ですか？」

そっくり返り居丈高《いたけだか》に言い放った使用人に厭《いや》な予感を覚えつつも尋ねると、偉《えら》そうに言い渡《わた》された。

「さっきお嬢さまに作ったのと同じのを二十束だ」

牡丹は今日、二本しか作っていないし、全部色味が違《ちが》う。

「申し訳ありませんが、無理です。似たような花束でもいいでしょうか？」

幸い薔薇《ばら》や紫陽花《あじさい》ならある。なにに使うのかはわからないものの、さっきの娘が買ったのとは違う内容の方がいいのではないかと思ったのだが、使用人は怒《おこ》って怒鳴《どな》り散らした。

「ふざけるな！　いいわけがないだろう！　御前は同じのをとおっしゃったのだ、同じのでなければいかん！　できぬとは言わせないぞ。この花はまっとうに育てもせず、魔法《まほう》で出したのだろう？　さっさと魔法を使って出せ。そもそも元手も掛《か》かってないものを高値で売りつけるとは許し難《がた》い。まったく、これだからヒトは穢《けが》れと蔑《さげす》まれるのだ！」

千歳の露店《ろてん》の周りだけしんと静まり返った。

「なんと言われようと、ない袖《そで》は振れません。もう花を作る魔力は残っていないんです。同じ花束は無理です」

使用人がいきなり花の生けてある木桶《きおけ》を蹴飛《けと》ばした。

「ふざけたことを抜かすな！　あの方を誰《だれ》だと思っているのだ⁉　八志乃男爵《やつしのだんしゃく》だぞ⁉　帝都《ていと》で商売を続けたかったら、さっさと花を揃《そろ》えろ！」

「申し訳ありませんが、魔力が溜《た》まるのは明日《あした》です。できません」

本当のことを言えば今でも一、二本なら出せるのだが、それでは足りないし、一度無理を聞いてしまえば際限なくねじ込まれる恐れがある。あくまで突《つ》っぱねると、蔑むべきヒトが男爵の威光《いこう》に平伏《ひれふ》そうとしないのに、使用人は激昂《げっこう》した。

「この……！」

右腕《みぎうで》が振り上げられる。

ああ、殴《なぐ》られるんだと、千歳は他人事《ひとごと》のように思った。すっと頭の芯《しん》が冷え、顔から表情が消える。視線が上にずれ、使用人の頭の上を捉《とら》えた。

イタチの耳。髪の間にようやく見える程度の、ちいさくて、可愛《かわい》い……。

だが、予期した衝撃《しょうげき》は襲《おそ》ってこなかった。恐る恐る目を開き、千歳は仰天《ぎょうてん》した。楼嵐が使用人の振り上げられた腕を掴《つか》んでいた。

「な……っ」

「できないと言っているのに無理強《むりじ》いをするな」

楼嵐だけではない。気がつけば周りの露店の獣《けもの》たちが花屋を取り囲んでいた。無言の威嚇《いかく》に使用人が後退《あとずさ》る。

「なんだキサマらは……っ。こんなことをして、ただで済むと思ってるのか……っ」

楼嵐が嘲笑《ちょうしょう》する。

「ほう。ではどうする？　巡査《じゅんさ》でも呼ぶか？　ここにいる全員が証言するぞ。悪いのはおまえだと」

いつの間にか獣たちに交じって眺めていた顔役が口を開いた。

ろうなァ」


「……御前さまとやらはよォ、自分の使用人が巡査にしょっぴかれたと聞いたら、どう思うだろうなァ」

　使用人が蒼褪《あおざ》める。

「くそっ。いいか、明日だ！　明日まで待ってやるから、ちゃんと用意しとけ！」

　唾《つば》を飛ばしてわめき散らすと、使用人は楼嵐の手を振りほどいた。汗《あせ》の浮いた額を拭《ぬぐ》いつつ、その場から逃《に》げ出す。

「最後の、聞かなかったことにしたら駄目《だめ》でしょうか」

　思わず漏《も》らしてしまった呟《つぶや》きが聞こえたのか、顔役が噴《ふ》き出した。

「怖《こわ》がってちびってんじゃねえかと思って来たのに、案外図太いなァ、おめえは。気持ちはわかるが、華族《かぞく》に盾突《たてつ》くとなにされるかわからねェ。ここはおとなしく用意しとけ」

　力強く背中を叩《たた》かれ、千歳はよろめいた。

「はあ……」

　楼嵐は他《ほか》の獣たちに囲まれ、称賛《しょうさん》を浴びている。

「兄ちゃん、ありがとうよ。クソ野郎《やろう》を止めてくれて」

「当然のことをしたまでだ。そうだろう、千歳」

　千歳は明後日《あさって》の方向を向いた。誰も楼嵐が公爵だと知らなくても、親しげな態度を取るのは得策とは思えない。

「お、知り合いだったのか？」

「千歳がいつも世話になっている」

「やめてください。なにを言ってるんですか」

　だが、すぐに黙《だま》っていられなくなりつんけんと怒る千歳に、楼嵐が寒さに白っぽくなった唇《くちびる》をたわめる。男前の微笑に獣たちがざわめいた。

「へえ……」

「千歳も隅《すみ》に置けねーな。よさそうな雄《おす》じゃねえか」

　千歳の眉間《みけん》に皺《しわ》が寄る。

「そんなんじゃないです。あなたも、なんでこんなところにいるんですか？」

「千歳の店を見てみたかったのだ。なんというか――風情《ふぜい》があるな」

　地面に直接並べられた木桶の中に、花が生けられている。今日も朝から調子よく売れていたので、残っている木桶は二つだけ、空になった一つはひっくり返され千歳の椅子《いす》となっていた。

「無理して言葉を飾《かざ》らなくてもいいです」

　木桶に腰《こし》を下ろした千歳の前に楼嵐がしゃがみ込む。すでに集まっていた獣たちは散り始めていたが、楼嵐は声を潜《ひそ》めた。

「千歳、俺は目抜き通りにいくつか物件を所持している。おまえさえ良ければ、伊織に命じて花屋を――」

だなんて、楼嵐はなにを考えているのだろう。

「結構です」

食い気味に断ると、楼嵐が溜息《ためいき》をついた。千歳も溜息をつきたくなる。店を持たせてやろうだなんて、楼嵐はなにを考えているのだろう。

「ああいう獣はよくいるのか？」

「ええ、まあ」

蹴飛ばされた木桶を隣《となり》に置き座るよう楼嵐に促《うなが》すと、千歳は散らばってしまっていた花を拾い始めた。

「ヒトに罪などないととっくに証明されているのに馬鹿《ばか》なやつらだ」

長い脚《あし》を窮屈《きゅうくつ》そうに曲げ、恐《おそ》る恐る木桶に腰を下ろした楼嵐は居心地《いごこち》が悪そうにしている。こんなものには座ったことがないに違いない。

「ヒトは穢れだって考え方、あなたはいつ聞きました？」

唐突《とうとつ》な問いに、楼嵐が戸惑《とまど》う。

「さあ、覚えていないな。幼い頃《ころ》だったと思うが」

「僕もそうです。多分、大抵《たいてい》の獣がそうなんだと思います。いいとか悪いとか判断できない幼《よう》獣《じゅう》のうちにそういうものだって刷り込まれてしまう。そういうのってもう変えられないんですよね。学び舎《や》でいくらそんなのは嘘《うそ》だって教えられても。もしあなたと僕がしていることが知れたら、『貴重な純血種を穢す気か』って言ってくる獣が絶対いますよ」

「俺が選んだつがいだ。文句は言わせない」

「僕はあなたとつがいになる気はありません」

楼嵐のしっぽがするりと千歳の脛《すね》に巻きついた。

「強情《ごうじょう》な奴《やつ》だ。俺に惚《ほ》れているくせに」

——違う、と千歳は思う。

そんなこと、絶対にない。

「確かにあなたは魅力《みりょく》的だと思いますよ。毛並みが」

「……ん？　毛並みだと？」

膝《ひざ》に肘《ひじ》を突き、両手を握《にぎ》り合わせた楼嵐の表情が険しくなった。

「そういえばおまえは伊織の毛並みを絶賛していたな。まさか俺より伊織に手ほどきを受けたかったとか言わないだろうな」

獣化した腹毛でイかされたことが即座《そくざ》に頭に浮《う》かぶ。こんなところでなにを言い出すのだろう。いや、それよりも。

「どうして僕が伊織さんの毛並みを絶賛していたことを知っているんですか？　まさか、手紙を読んだんですか？」

「そんなことをする必要もなかったぞ。おまえが読んで聞かせてくれたからな」

「あ……っ」

そういえば推敲《すいこう》しつつ声に出して読んでしまっていた。両親に宛《あ》てた手紙は全部。楼嵐の毛並みを褒《ほ》めちぎったところも。

拾った花を木桶に入れるふりで、千歳は楼嵐に背を向けた。顔が熱くてどうにもならない。

「酷《ひど》いです。隠《かく》れて聞いているなんて」

「酷いのはおまえだ。あれだけ可愛がってやったのに俺の魅力は毛並みだけだ、などと……。まあいい。近いうちに必ず毛並みではなく俺に惚れさせてやる」

ふに、と頬《ほお》を指の甲《こう》で撫《な》でられ、千歳はとっさに手で押さえた。木桶を軋《きし》ませ楼嵐が立ち上がる。露店《ろてん》の前に花を買いに来たらしい女性客がいた。

「先に帰っている」

商売の邪魔《じゃま》になってはいけないと遠慮《えんりょ》してくれたのだろう。短く告げ、楼嵐が歩き出す。千歳は雑踏《ざっとう》の中を遠ざかってゆく背中を涙目《なみだめ》で睨《にら》みつけた。

惚れさせてやるなんて、鼻持ちならないことをよく言うと思う。とんだ自惚《うぬぼ》れ男だ、あんな男に惚れたりなんか絶対にしない。だから、と千歳は心臓の上を押さえた。

——胸の動悸《どうき》が激しいのはときめいているせいなんかじゃない。腹立たしいから、ただそれだけだ。

「あの、いいですか？」

おっとりとした獣の声に、千歳は弾《はじ》かれたように顔を上げた。ほんの少しの間ではあるが、客の存在をすっかり忘れていた。いらっしゃい、どんな花をお求めですかと微笑《ほほえ》み立ち上がる。

次に目を遣《や》った時にはもう楼嵐の姿は見えなくなっていた。

＋　＋　＋

翌日、市に現れた千歳は木桶《きおけ》の前に立つと、両手を胸の前で合わせた。欲しい花を思い浮かべる。

生成される花は大きくて形が複雑なほど魔力《まりょく》を消費する。牡丹《ぼたん》を二十本作るだけで魔力を大きく削《けず》られてしまい、売り物に回す花は小振《こぶ》りのものばかりとなってしまった。数も少ない。ただでさえ夕刻まで保《も》たず完売してしまうのにと思うと腹立たしいが、今回は我慢《がまん》するより他ない。

予約分は布を掛《か》けて隠したが、獣《けもの》は鼻が利《き》く。そこに花があるのにどうして売ってくれないのかと文句を言う客に頭を下げつつ、千歳は使用人が花束を引き取りに来るのを待った。

だが、使用人はなかなか姿を現さない。それからもちらほらやってくる客に謝り謝り、無駄《むだ》に時間を過ごし、日暮れを迎《むか》え――千歳はようやく悟《さと》った。

自分はあの使用人にすっぽかされたらしい、と。

＋　＋　＋

帰宅して勝手口の扉《とびら》を開けると、獣化した楼嵐がでろんと寝《ね》そべっていた。

「遅《おそ》かったな、千歳」

しっぽの先だけ上げ、偉《えら》そうに声を掛ける。千歳はきっと唇を引き結ぶと、持っていた荷を置いた。

「千歳……？」

つかつかとユキヒョウに歩み寄り、両脇《りょうわき》を摑《つか》んで持ち上げる。

「おい、なんだ!?」

いきなり腹に顔を埋《うず》められたユキヒョウがしっぽを膨《ふく》らませたが、千歳は動かない。

「千歳……？　なにか、あったのか……？」

肉球で頭をぽんぽんされ、千歳は息を吐《は》いた。突然《とつぜん》熱風に腹を襲《おそ》われたユキヒョウがにぎゃっと身をよじる。

「……すっぽかされました」

「……なに？」

千歳がすっかり据《す》わってしまった目を上げると、ユキヒョウはひくりと耳を震わせた。

「八志乃男爵《だんしゃく》の使用人、花を取りに来ませんでした」

「……なんだと」

事態を理解したユキヒョウが毛を逆立たせた。

「八志乃男爵とやらもその使用人も阿呆《あほう》だな！　季節を問わず花を作り出せる魔法など聞いたことがない。雌《めす》が好む貴重な品だ。使いようによってはいくらでも利を生める。俺なら優先的に花を譲《ゆず》ってもらえるよう、手を尽《つ》くすのに」

そういえばタカナシも面白《おもしろ》がっていたなと千歳は思い出す。だが、たかが花だ。

「そんなに持ち上げなくていいです。そんなに数が出せるわけじゃありませんし、僕にしかできないとは限らないと思いますし」

「だが、大概《たいがい》のヒトは一カ月も魔力を溜《た》めねばならないような魔法にかかりきりだぞ。この屋《や》敷内《しき》が一定の温度を保っているのもそういう魔法のおかげだ。雪が積もらない屋根も湯が出る蛇口《じゃぐち》もそうだ。しかも、こういう魔法は一度掛けてもらえば終わりではない。何年か経《た》てば掛け直しが必要だからな。魔法の注文はいつも年単位で順番待ちだ。花を作ろうとするヒトがいるとは思えない」

「そうなんですか……？」

「そうだ。おまえは稀有《けう》な存在なのだ。もっと自信を持っていい」

「はあ……」

姿はヒトなのに、千歳はヒトのことなどなにも知らない。いくら稀有だと言われても、そうなんだろうかとしか思えない。

「帰りがこんなに遅くなったのは、あの無礼な使用人を待っていたからだったのだな。仕事とはいえ大変だったな」

偉そうなねぎらいに不覚にも目の奥がじわりと熱くなった。

「別に平気です。これくらい、慣れてますし」

そうだ、平気。たいしたことない。

「残った花はどうしたんだ？」

「いつもお世話になっている方々に配りました。投げ売りはしたくなかったので」

「よし。千歳、こっちに来い」

手の中でユキヒョウが膨れ上がる。

「……わ」

現れた凛《りん》とした美貌《びぼう》を持つ男に手を引かれ、千歳は外套《がいとう》も脱《ぬ》がないまま二階へと上がった。

楼嵐は途中《とちゅう》でバスケットと外套を取っただけで足は止めず、今度は屋根裏へと続く細い階段を上る。最後に鎧戸《よろいど》を開け、出窓を潜《くぐ》り抜《ぬ》けると、満天の星が眼前に広がった。

「ええ……？」

手を引かれ、千歳も恐《おそ》る恐る外へと出る。魔法が掛かっている屋根には一片《いっぺん》の雪もなく、足下《あしもと》に不安はない。周囲には雪を冠《かん》した帝都《ていと》の夜景が広がっている。点々と並ぶガス灯の明かりが星を並べたようだ。

楼嵐は緩《ゆる》やかな傾斜《けいしゃ》を描《えが》く屋根に腰《こし》を下ろすとバスケットを開けた。まず小さな洋燈《ランプ》を出す。続いて出てきたのは水筒《すいとう》と竹皮を編んで作った小さな籠《かご》二つだ。蓋《ふた》を開けると摘《つ》まむのにちょうどいい握り飯やおかずが顔を覗《のぞ》かせる。

「ここに座れ」

命じられ、楼嵐の隣《となり》に腰を下ろすとコップを渡《わた》された。においを嗅《か》いだ途端《とたん》、強い酒気にむせそうになる。

「葡萄酒《ぶどうしゅ》、ですか……？」

熱した甘い葡萄酒に、スパイスが入っているらしい。飲んでみると思いの外飲みやすい上、一口で軀《からだ》があたたまった。

はふ、と吐いた熱い溜息《ためいき》は唇《くちびる》を出た途端、寒さに濃《こ》い霧《きり》に変わる。摘まんでみた籠の中身も例によって有名店のものなのだろう、美味だ。

「おいしいですけど、酔《よ》っちゃいそうです」

「かまわない。酔え」

「──酔わせてどうする気ですか？」

胡坐《あぐら》を掻《か》くと、楼嵐は自分でも葡萄酒を呷《あお》った。その目は帝都の夜景に据えられている。

「実は千歳に謝らねばならないことがある」

真剣《しんけん》な声音《こわね》が不安を誘《さそ》う。だが、だからこそ千歳は朗《ほが》らかな声を返した。

「なんでしょうか。つがいになれと言ったのは冗談《じょうだん》だったとか、そういうことですか？──大《だい》丈夫《じょうぶ》です。最初から本気にしてませんし」

「違《ちが》う。そうじゃない。求愛は本気だ」

千歳の軽口に楼嵐は苛立《いらだ》ち──溜息をついた。

「知っての通り、俺は希少種の純血種だ。両親が逝《い》った後、この国にユキヒョウの純血種は俺だけになった。天子さまは俺の獣化した姿がことにお気に入りでな。わざわざ外《と》つ国から同じ純血種の花嫁《はなよめ》を連れてきた」

心臓がとくんと大きく鳴る。

変だな、と千歳は思った。どうして動揺《どうよう》しているんだろう、僕は。

「会うまでは別につがいになってもいいかと思っていたんだ。他《ほか》に想《おも》う雌もいなかったし、ユキヒョウの血は貴重だ。だが、わざわざ外つ国から連れてこられた花嫁は泣いていた。彼女は恋人《こいびと》と引き離《はな》され、無理矢理《むりやり》連れてこられたんだ。ただ獣化できる子を産むためだけにな。俺は天子さまに言った。花嫁を帰してやれと。だが、同じユキヒョウの純血種と結ばれた方がいいに決まっている、早く子を産ませろと言って聞かない。まるで純血種でない獣が劣等《れっとう》であるかのように——。血による差別があることは知っていたが、この時にようやく骨身に染《し》みた。こんな風に縁談《えんだん》を強要されるなら、純血種の子など作れないと。次は俺の子が彼女のような思いをさせられるかもしれないのだからな」

楼嵐は甘いはずの葡萄酒を含《ふく》み、顔を顰《しか》めた。

「それで俺は魔法を掛けさせた。現《うつ》し世に未練はなかった。既《すで》に家族はない。つがいになりたいと思う相手もいない。異界で微睡《まどろ》むのは心地《ここち》よかったし、次々に送り込まれる管理人を見ているうちに、ますます獣《けもの》に嫌気《いやけ》がさした」

「どうして、ですか？」

「伊織はそれなりに厳選したんだろうが、金目のものを売り払《はら》おうとしたり人目がないのをいいことに俺の寝台《しんだい》や浴室を使おうとする奴《やつ》がいたからな」

「やっぱり」

銀器や懐中時計《かいちゅう》がたけ無防備に置かれていて、誘惑《ゆうわく》されないわけがない。

「だが、千歳が来て、俺は目覚めると決めた」

「え」

急に葡萄酒の味がわからなくなった。

千歳がきっかけで魔法を解除する気になった？　他に目的があって千歳を利用したわけではなく？

「おまえは覚えていないようだが、おまえの両親はかつてここで庭師をしていた。おまえもここに住んでいた。もっとも俺は使用人の子のことなど意識したこともなかったが」

「……全然覚えていません」

楼嵐が悪戯《いたずら》っぽい笑《え》みを浮《う》かべた。

「庭で昼寝《ひるね》していた俺のしっぽに勝手に抱《だ》き着いて、一緒《いっしょ》に昼寝していたこともか？　その後、おまえは手触《てざわ》りが気に入ったからと俺を持ち上げて部屋に持ち帰ろうとしたんだぞ」

両脇《りょうわき》を摑《つか》まれ、だらんとぶら下げられたユキヒョウのイメージが唐突《とうとつ》に頭に浮かんだ。だが、高さが足りず、足もしっぽも地面に引きずられている。

——雪のような　白い　毛並み。ふわふわとしていて　雲のような

理想そのものなわけである。千歳の思い描いていた毛並みは、楼嵐の腹毛だったのだ。

「おまえは幼いのに傷だらけだった。どうしたのかと聞いたら、ヒトそっくりだと言うので、メイドの子に意地悪されているんだと言った。俺は——自覚はなかったが、箱入りでそういうことに鈍感《どんかん》な子だったのだと思う。なにも考えずに言ってしまった。自分の居場所は自分で勝

ち取れ、と。俺もその頃《ころ》他の子たちとの関係で悩《なや》むことがあって、父にそう薫陶《くんとう》を受けていたから――」

雷《かみなり》で撃《う》たれたような衝撃《しょうげき》が千歳を襲《おそ》う。いつ誰《だれ》に聞いたのかは覚えていないが、その言葉は千歳の根底に深く刻みつけられていた。

「僕はずっと居場所を勝ち取ることができずにいました。だから自分を出来損《できそこ》ないだと思っていたし、そんな自分が厭《いや》で仕方なかった。両親と別れて帝都に出てきたのは変わりたかったからです」

夢でも見ているかのようなふわふわとした口調で、千歳は呟《つぶや》く。楼嵐が苦渋《くじゅう》に満ちた告白を続ける。

「俺があんなことを言ったのが悪かったのだ。気づいた時にはおまえたちはもう帝都を出ていってしまっていた」

どうしてだろう、指先が震《ふる》え始めた。

「なにがあったんですか?」

「おまえがメイド長の子に怪我《けが》を負わせた。大怪我じゃない。膝《ひざ》を擦《す》りむいたくらいのものだ。自分の子がおまえに怪我をさせても、見て見ぬふりをしていたくせに、メイド長は烈火《れっか》の如《ごと》く怒《おこ》って喚《わめ》き散らし、おまえの父上はその日のうちに退職を申し出たそうだ。あの頃はまだ父がいたから庭師の去就など俺には知らされず、知った時は全《すべ》てが終わっていた。穢《けが》れた子を屋敷《やしき》に住まわせたのがそもそもの間違《まちが》いだったのだというメイド長に誰も反論しないのを見て、ぞっとしたよ。俺の目には彼女の方が常軌《じょうき》を逸《いっ》しているように見えた。――だからおまえの親御《おやご》さんは、帝都を離れることを選択《せんたく》したのだろうが」

「――覚えていません」

気分が悪い。今にも気を失ってしまいそうだ。

この屋敷は居心地《いごこち》がいい。使用人用の部屋は清潔だし、冬でも魔法《まほう》であたたかい。給金も悪いということはないだろう。それら全部を両親は、千歳のせいで失っていた。

「ちなみにこのメイド長はその翌年に横領が発覚してクビになった。そんな女のためにおまえたちが追い出されたのかと思うと――いや、俺達がそんな振《ふ》る舞《ま》いを許したのかと思うと申し訳なくてな。管理人としてやってきたおまえを見た瞬間《しゅんかん》に償《つぐな》わねばと思った。そのためには微睡んでいるわけにはいかない」

「だから僕をつがいにしようと思ったんですか？　罪滅《つみほろ》ぼしのために？」

そんなの、間違っている。

だが、楼嵐はあっさりと否定した。

「まさか」

――あれ？

「そんなのおかしいだろう？　惚《ほ》れられているわけでもないのにつがいにしてやれば喜ぶだろ

うだなんて、そんな風に考える獣がいたら神経を疑う」

　平然と嘯《うそぶ》く楼嵐に、千歳は愕然《がくぜん》とした。

「……あなたの今までの言動と矛盾《むじゅん》してるような気がするんですが」

「いや、最初は本当に兄のような気持ちで見守ろうと思っていたんだ。だが、淋《さみ》しいからって両親への手紙を音読しながら書くわ、物の怪《け》だと思って脅《おび》えているくせにきちんと挨拶《あいさつ》するわ……おまえ、可愛《かわい》すぎるだろう」

「は？」

　葡萄酒をコップに注《つ》ぎ足し、楼嵐が唇を湿《しめ》らせる。

「掃除《そうじ》をしたり、妊婦《にんぷ》を助けに飛んで行ったりする姿も好ましかった。なにより、自慰《じい》ができなくて泣きそうになるなんて、誘《さそ》っているとしか思えない」

　勝手な言い分に顔が熱くなった。

「泣きそうになんかなってませんし、誘ってもいません。大体なんで浴室を勝手に覗《のぞ》いたりするんですか？」

「いつまで経《た》っても出てこないから心配になったのだ。おまえたちから見て消えている間は、壁《かべ》でも床《ゆか》でも通り抜《ぬ》けられるようになるからな。様子を見に入ったら、おまえがあんまり可愛いコトをしていたせいで理性が飛んだ」

「浴室に閉じ込めても意味なんかなかったんですね」

「そういうことになるな。それでまあ、つがいになりたいという気持ちを自覚したから方針を変えた。おまえが俺を好きになってくれさえすれば、一番幸せにしてやれる方法だからな。そうだろう？」

幸せに……？

顔どころか軀《からだ》が熱い。全身がどくどく脈打っている。

「引っ越《こ》し先を探していると聞いた時は焦《あせ》ったぞ。あの時はまだ屋敷の外には出られなかったからな。おまえを失うのではないかと焦るあまり強引《ごういん》なことをしてしまった。許せ」

偉《えら》そうに頭を下げられ、千歳は唇《くちびる》を噛《か》んだ。

本当に他《ほか》の目的などなかったんだろうか？　甘い言葉は本当に千歳に送られたもので、楼嵐は本当に千歳を欲しいと思ってくれていたのだろうか？

――冗談《じょうだん》じゃ、ない。

「……あなた、馬鹿《ばか》じゃないですか？　僕みたいなヒトもどきを、遊び相手にするならともかくつがいにしようなんて」

「別に馬鹿でかまわない。だから、毛並みだけでなく俺のことも好きになれ」

「それは無理です」

楼嵐は花屋で毛並みが気に入っているだけだと言われたのを案外気にしていたらしい。

「なぜだ」

なぜなら楼嵐が希少種の純血種だからだ。そんな相手に、好きだなんて軽々しく言えない。

——そうだ、好きだ。

颯爽《さっそう》と押し込み強盗《ごうとう》から救ってくれた上、優《やさ》しくしてくれた。おまけに幼い頃から千歳が異常なほど執着《しゅうちゃく》していた理想の毛並みの持ち主だ、好きにならない方がおかしい。

楼嵐に惹《ひ》かれたから、発情した。好きな雄《おす》のしっぽだったから、くすぐられてとろとろになってしまった。

つがいになど絶対になれない相手だと思っていたから意地でも認めまいとしてきたが、つまりはそういうこと。

多分今日は、千歳の人生最良の日なのだろう。

でも。

「僕は——ヒトだから」

コップの中身を一息に飲むと、千歳は屋根の上に仰向《あおむ》けに躯を伸《の》ばした。

気になっていた縁談《えんだん》についても聞けて、胸のつかえがとれたような気分だった。好きだと素《す》直《なお》に言えたらもっと幸せになれるのだろうが、まだ千歳は怖《こわ》かった。なぜなら千歳と関《かか》わって幸せになった獣《けもの》はいない。

ちいさな頃から、ヒトにしか見えない姿のせいでいじめられた。千歳を庇《かば》ってくれようとする子もいたが、ヒトに関わっては験《げん》が悪いと、遠い親戚《しんせき》のもとに預けられた。よそへなんか行きたくないと泣いていたあの子の声を、千歳はまだ忘れられずにいる。

＋　＋　＋

翌日千歳は花屋を休んだ。夜更《よふ》かしをしたせいで寝過《ねす》ごしてしまったのだ。目が覚めるともう午《ひる》を過ぎており普段《ふだん》なら花がなくなっていてもおかしくない時間だったので、今更《いまさら》行っても仕方なかろうと休みにする。一日のんびり過ごした翌日、心機一転、市にやってくると頭上には重苦しい曇天《どんてん》が広がっていた。今にも雪が降りそうな塩梅《あんばい》に、千歳は帽子《ぼうし》を深くかぶる。

花を出し、売り子をしながら握《にぎ》り飯をがつがつ食べる。皆《みな》に細い細いと言われるが、食べても食べても魔力《まりょく》に変換《へんかん》されてしまうのか、千歳はなかなか太れない。

「おい、きさま！」

蕗味噌《ふきみそ》の握り飯を食べ終わったところで怒鳴《どな》りつけられ、そぞろ歩いていた獣たちの視線が集まった。

千歳の前に仁王立《におうだ》ちになっていたのは、八志乃男爵《だんしゃく》の使用人だ。

「なぜ昨日店を休んだ！　せっかくお嬢《じょう》さまが花を求めてこられたのに、無駄足《むだあし》になったではないか！」

地団太を踏《ふ》まんばかりに激怒《げきど》している使用人を眺《なが》めつつ、千歳は指を舐《な》めた。

――そういえば、楼嵐のことで頭がいっぱいでこの獣とのトラブルで腹を立てていたこと、すっかり忘れてたな。

「御機嫌《ごきげん》よう。今日はなんのご用ですか」

「なにが御機嫌ようだ。今日は文句を言いに来たのだ。きさまがお嬢さまに売りつけた花、酷《ひど》い臭《にお》いがしたぞ。きさまのくさい花のせいで、お嬢さまのご学友のご父兄《ふけい》が気分を悪くされたのだ。どう責任を取る気だ！」

花を出す魔法は千歳の唯一《ゆいいつ》の取《と》り柄《え》だった。いいにおいがすることに絶対の確信がある。それなのに、くさかった？

「――でも、肝心《かんじん》のお嬢さまはいいにおいがすると仰《おっしゃ》ってましたよね？　ご学友のご父兄とやらは、花のにおいではなく、別の原因で気分を悪くされたのではないですか？」

男爵の威光《いこう》を笠《かさ》に着るのに慣れ過ぎたのか、言い返されると思っていなかった使用人は、拳《こぶし》を振《ふ》り上げた。

「俺が嘘《うそ》をついていると言う気か！」

「それに僕もあなたには言いたいことがあります。一昨日《おととい》用意しておけと言った二十束の花束、どうして取りに来なかったんですか？　他のお客さまが売って欲しいと言うのを断って、待っていたんですよ。古くなった花を売るわけにはいきません、ふいにした花の代金を払《はら》ってください」

「ふん。そんな注文をした覚えなどないな！」

さすがにこの言葉には千歳もかっとなった。

「では、次、お嬢さまか男爵がいらした時に請求《せいきゅう》します」

「きさま……っ」

「殴《なぐ》る気ですか？　どうぞ？　その代わり、今度こそ巡査《じゅんさ》を呼びますよ」

皆が見ている。だが、怒《いか》りが勝ったのだろう、使用人が拳を振り下ろそうとした時だった。

「やめんか。みっともない」

思いがけず聞こえてきた尊大な声に、膚《はだ》が粟立《あわだ》った。使用人が愕然と振り返る。

「御前《ごぜん》……」

獣たちの間を悠然《ゆうぜん》と歩み寄ってきたのは八志乃男爵だった。千歳は内心はどうであれ立ち上がって笑《え》みを作り、頭を下げる。

「先日はお買い上げ、ありがとうございました」

「――相変わらず埃《ほこり》っぽい場所だな。正直私は、娘《むすめ》がこんなところに出入りするのが信じられんのだよ。柄《がら》の悪い獣が多いし、胸を悪くしそうだ」

華族《かぞく》でなければ誰《だれ》かに殴られているに違《ちが》いない不遜《ふそん》な発言だ。

「僕の花がくさかったと言われましたが？」

「ああ、君は信じたくないだろうが、事実だ。娘が君の花を気に入っているようだから、罪には問わないことにしたがね」

華族だからといってなんでも罪には問えないと思うのだが、取り敢《あ》えず千歳は黙《だま》って言葉を呑《の》み込んだ。

「では、今日はなんの用でこのような埃っぽい場所へ？」

男爵に目配せされ、使用人がぱつんぱつんの外套《がいとう》の下、胸を反らせる。

「喜べ！　御前はお嬢さまのために、きさまをお抱《かか》えの花屋にしてくださるそうだ。すぐ荷物を纏《まと》めろ。屋敷《やしき》に部屋を用意してやったからな！」

信じられない申し出に、いつの間にか周囲に垣《かき》を作っていた獣たちがざわめく。千歳はふんふんと偉そうに鼻をひくつかせている使用人を無視し、男爵を見つめた。片眼鏡の奥の瞳《ひとみ》は不気味なほど無表情だった。

――楼嵐と同じように男爵も、僕を抱え込むのが利になると判断したんだろうか。

「ありがたいお話だとは思いますが、断らせていただきます」

「なんだと⁉」

使用人の顔にまた朱《しゅ》が上る。男爵の目が細められた。

「必要となった花の数に拘《かか》わらず、毎月決まった額の手当てを払ってやるつもりだが？」

「僕のような出来損ないは埃っぽい市で花を売るのが相応ですから」

にこりと微笑《ほほえ》んだ千歳に、使用人が噛《か》みつきそうな顔をする。

「きさま、御前のご温情を――」

「よせ」

男爵が使用人を制し、冷然と千歳を見下ろした。

「ふん。地べたを這《は》いずるような暮らしからすくいあげてやろうと思ったが、厭《いや》なら仕方ない」

インバネスの裾《すそ》が翻《ひるがえ》る。使用人を連れ帰ってゆく男爵を、千歳はもやもやとした気持ちを抱え見送った。姿が見えなくなると、息を呑んで見守っていた獣たちが一斉《いっせい》に喋《しゃべ》り出す。

「華族だからって偉《えら》そうに」

「大体あの男爵、本当なら爵位なんてもらえなかったはずなんだろ？」

「ふいにした花代、取り立ててやればよかったのに」

誰かに背中を叩《たた》かれ、千歳はよろめいた。

「そうしたいのはやまやまだったけど、やりすぎたらまずい気がして」

それは、予感だった。千歳の目に男爵は随分《ずいぶん》と苛烈《かれつ》な性格のように映った。できればもう関わりたくない。

また使用人が戻《もど》ってくるのではないかと半ば覚悟《かくご》していたのだが、そういうことはなく、千歳はお三時になる前に生成した花を売り切った。一足早く店を片づけて八幡《はちまん》さまにお参りをし、裏手の鎮守《ちんじゅ》の森に踏み入る。

参道の喧騒《けんそう》が遠い。あまり広くない森の中は嘘のように静かだ。

あと少しで森を抜《ぬ》けるというところで、千歳は足を止めた。

——最悪だ。

深い雪の間に一筋走る細道の先で、八志乃男爵の使用人がとおせんぼをしている。千歳の背後にも見知らぬ獣《けもの》が現れ、退路を塞《ふさ》いだ。

「そこ、通していただけませんか」

「断る。痛い目に遭《あ》いたくなけりゃ、大人しく来い」

千歳は視線を巡《めぐ》らせる。一番早く森を抜けられそうな方向を見定め、膝《ひざ》を沈《しず》めた。

「おい——!?」

自分の身長より高く跳躍《ちょうやく》し、進行方向にあった雪溜《ゆきだ》まりを跳《と》び越《こ》える。次の瞬間《しゅんかん》、腰《こし》まで雪に埋《う》もれてしまったが、怯《ひる》まずもう一度前方へと跳ぶ。

ヒトにしか見えない千歳がこんな獣めいた真似《まね》をするとは予想だにしていなかったのだろう、獣たちは慌《あわ》てふためいている。背後にいた方の獣は森の中に突《つ》っ込み、降り積もった雪を無理《むり》矢理《やり》漕《こ》いで追い掛けようとした。

静かな森の中に、ざかざかと雪が踏み荒《あ》らされる音だけが聞こえる。

冷たい空気のせいで、肺が痛い。だが、ここで足を止めればなにをされるかわからなかった。千歳は森の端《はし》を目指して跳《は》ねる。手頃《てごろ》な枝があった時には狙《ねら》って跳んだ。両手で枝を摑《つか》みブランコのように軀《からだ》を前に振ると、景色が面白《おもしろ》いくらいの勢いで後ろに流れる。

無言で前進することに集中し、時々背後を振り返って、破裂《はれつ》しそうな心臓を叱咤《しった》し――。

あと少しだと思った時、近くに迫《せま》ってきた大木の陰《かげ》でなにかが動いた。まずいと思うと同時に足になにかが絡《から》みつく。

千歳が転倒《てんとう》するや否《いな》や駆《か》け寄ってきた獣によって頭から袋《ふくろ》が被《かぶ》せられた。暗くなった視界に焦《あせ》り暴れたが、袋が腰まで引き下ろされ上半身の自由が奪《うば》われる。こうなってしまったら、千歳など非力なものだ。

「ひやひやさせやがって」

袋の上から足蹴《あしげ》にされ、千歳は必死に軀を丸めた。痛みに耐《た》えながら、大丈夫《だいじょうぶ》だと己《おのれ》に言い聞かせる。

昼間、市で言い合ったのを皆《みな》が見ていた。千歳がいなくなったら間違《まちが》いなく男爵《だんしゃく》が疑われる。華族の権力でなんとかできると思っているのかもしれないが、夜まで帰宅しなければ、楼嵐が心配して捜《さが》し始めるだろう。公爵の地位は男爵よりずっと上のはずだ。

――十七年も引き籠《こ》もってたらしいから、世間から忘れ去られているかもしれないけど。

荷物のように荷車に乗せられどこかへ連れてゆかれる。道が悪く、車輪が回る度《たび》に千歳の軀は豆のように跳ねた。到着《とうちゃく》すると、疲《つか》れ切り朦朧《もうろう》とする千歳を誰かが荷車から引きずり下ろす。

「おやおや、花屋はおねむかな？」

嘲笑《あざわら》う男爵の声が聞こえた。ようやく袋が取り去られた場所は、男爵の執務《しつむ》室のようだった。大きなデスクがあり、硝子戸《ガラスど》つきの本棚《ほんだな》が壁際《かべぎわ》に据《す》えられている。寒さは遠のいたのに、躯の震《ふる》えが止まらない。立てなくてへたり込んでいると、髪《かみ》を掴まれ、デスクへと向かわされた。

墨《すみ》を含《ふく》んだ筆が差し出される。

「眠《ねむ》る前にここに署名したまえ」

目を通しもせず、千歳は筆を払い落とした。

絨毯《じゅうたん》の上を筆が点々と墨を残しながら転がってゆく。八志乃男爵はのそりと立ち上がると、千歳の頬《ほお》を張った。

「……っ」

「私に逆らうな。穢《けが》らわしいヒトが」

侮蔑《ぶべつ》も露《あら》わに吐《は》き捨てられる。

男爵の合図で使用人が千歳の襟首《えりくび》を掴む。引きずり立たされて部屋を出ると、使用人は薄暗《うすぐら》い廊下《ろうか》を抜け、階段を下りた。あまり広くない地下室には、太い木の格子《こうし》で仕切られた牢《ろう》があった。

「頭を冷やすんだな」

小さな潜《くぐ》り戸から押し込まれ、擦《す》り切れた畳《たたみ》にくずおれる。仰々《ぎょうぎょう》しい南京錠《なんきんじょう》を掛《か》けると、使用人はどこかへ行ってしまった。どうやら契約《けいやく》を結ぶまでここが千歳の部屋となるようだ。

静かだった。

見張りもいない。

軀の痛みが少し落ち着くと、千歳は恐《おそ》る恐る起き上がり南京錠が開けられないか試《ため》した。周囲の格子を叩き、腐《くさ》って壊《こわ》せそうな場所を探してみるがこれも駄目《だめ》なようだ。

大声を出すことも考えた。男爵には娘がいる。彼女なら助けてくれそうな気がしたが、叫《さけ》んで彼女ではなく使用人に聞きつけられたらまた痛めつけられるかもしれなかった。

――痛いのは、もう厭だ……。

蹴られた軀も殴《なぐ》られた頬も、熱を持ちどくどく脈打っている。苦痛への恐怖《きょうふ》になけなしの勇気も潰《つい》え、千歳は牢の隅《すみ》で痛む軀を丸めた。

「お腹《なか》、空いたなあ……」

いつもなら夕餉《ゆうげ》を済ませている時刻である。もう楼嵐は千歳の不在に気づいたろう。あるいは単純に遅《おそ》くなっているのだと思って帰宅を待っているのかもしれない。勝手口の前で。空腹を抱《かか》えて。

楼嵐は助けに来てくれるだろうか。来てくれたとして、千歳の有り様を見たらどう思うだろう。

千歳は頬に手を添《そ》えた。口の中は血の味がした。きっと見れば殴られたとわかる顔になっている。

――もう誰《だれ》の重荷にもなりたくないのに。

帝都《ていと》を追われた時のことを、千歳は覚えていない。だが、記憶《きおく》に残っている限りずっと、千歳は息を潜《ひそ》めるようにして生きてきた。優《やさ》しい獣もいたが、ヒトを嫌《きら》う獣がどこに行ってもいたからだ。大抵《たいてい》はぎこちない態度を取られる程度だったが、時々信じられないような酷《ひど》いことをする獣もいた。なんの理由もなく側溝《そっこう》に突き落としたりとか、千歳にだけ商品を売ってくれなかったりとか。

学び舎《や》にも一匹《いっぴき》、執拗《しつよう》に千歳を目の敵《かたき》にする獣がいた。取り巻きを連れた彼に、母が持たせてくれた弁当を捨てられたことがある。習字を破られたことも、くさいと囃《はや》されたこともあった。

いじめっ子は黒い噂《うわさ》が絶えない役人の子だったから、千歳はなにをされても黙《だま》っていた。言っては恐ろしいことになると漠然《ばくぜん》と思っていた。楼嵐に話を聞いた今ならわかる。おそらくはすでに経験したことがあったからだ。己の振《ふ》る舞《ま》いによって両親が窮地《きゅうち》に立たされるという悪夢を。

この頃《ころ》には千歳はもう獣たちを耳としっぽで認識《にんしき》するようになっていた。多分厭《いや》な現実を正視したくなかったのだ。そんなことをしたってなにが変わるわけでもないのに。

いじめっ子の顔はもう忘れてしまったのに、しっぽが黒かったことははっきり記憶している。ずんぐりしていて短くて、時々びくびく動くさまがユーモラスで、決して嫌いではなかったという感想が出てくるあたり、我ながら歪《ゆが》んでいる。

この頃の千歳の慰《なぐさ》めは自分で作り出した花だけだった。甘いにおいを嗅《か》ぐと気分がよくなるような気がして、千歳は毎朝においの強い花を作っては鞄《かばん》にこっそり忍《しの》ばせた。

用心深く立ち回った結果、千歳が花の魔法《まほう》を使えることを知っているのは両親のみだった。学び舎を出ると、千歳はほとんど家から出ず、ひっそりと暮らした。千歳にとってはそれが一番無難な生き方のように思われた。病弱で外で働くこともできない役立たず。それが外から見た千歳だった。両親は悔《くや》しく思っていたようだが、憎《にく》しみを買うより馬鹿《ばか》にされた方がましだ。

南の町では両親は植木屋であちこちの屋敷《やしき》に出入りしていたから、自分で種を取り寄せて日当たりのいい縁側《えんがわ》で育てたということにして千歳の花を裕福《ゆうふく》な奥さまやお嬢《じょう》さまに売ってくれた。千歳が作り出す季節外れの珍《めずら》しい花々は好評を博し、やがて両親が本来の仕事で忙《いそが》しい時も花を買えるようにして欲しいと要望され、家でも花を売るようになった。見ればわかるように店を出したわけではなく、訪ねてくれば千歳が土間の片隅《かたすみ》に用意してある花を売るだけだ。だが、それがかつてのいじめっ子たちに知れた。

彼らは両親が留守の間にやってきた。

鍵《かぎ》を閉めてあった板戸は斧《おの》で叩《たた》き割られ、花は踏《ふ》み躙《にじ》られた。商品を生けるための桶《おけ》も粉々、茶の間や寝間《ねま》まで土足で踏み荒らされる。

千歳は土間に引き出され、殴られた。

大した怪我《けが》はしなかった。彼らも一線を越《こ》えたらただで済まないことくらいわかっている。

あれは千歳に己の立場を思い知らせるための示威行為《じいこうい》に過ぎなかった。

千歳にとっては『よくあること』で片づけられる出来事だ。だが、両親はそういうわけにはいかなかった。他《ほか》の獣の子と同じようにはいかないと頭ではわかっていたものの両親は知らなかったのだ。千歳が外でどれだけの悪意を向けられていたのかを。千歳がずっと隠《かく》していたから。

夜半、どうにも寝つけず廁《かわや》に立った千歳は、母が獣耳としっぽがないだけであんな目に遭《あ》わされるなんてあの子が可哀想《かわいそう》だと泣いているのを見てしまった。

平気だと思っていたのに、心が折れそうになった。

千歳のような子が息子《むすこ》でなければ、母はあんな顔をせずにすんだのだ。

生々しい敵意にあてられてしまいすっかり鬱《ふさ》ぎ込んでしまった母は、海辺の村に帰りたいと言い出した。ちっぽけな村に植木屋の仕事はないと知っていたが、父は愛する妻の望みを優先させた。二匹とも当然千歳を連れてゆくつもりでいた。守ろうと思ってくれていたであろうことは想像に難《かた》くない。

だが、千歳は同行を拒否《きょひ》した。

一緒《いっしょ》に旅をすれば両親は、獣《けもの》たちが無意識に顰《ひそ》める眉《まゆ》や千歳に対する時だけ変わる態度、そして時にぶつけられる理不尽《りふじん》な憎悪《ぞうお》を目《ま》の当たりにしてしまう。その度《たび》にきっと両親は傷つく。そんなことには千歳が耐《た》えられそうになかった。

好きな獣には、幸せでいて欲しい。当然の望みだが、千歳が傍《そば》にいては叶《かな》えられない。だから、つがいにと楼嵐が言ってくれた時、千歳はぐらかした。怖《こわ》かったのだ。楼嵐は両親と同じように千歳を慈《いつく》しんでくれている。千歳が理不尽な敵意に晒《さら》されているのを見たらきっと心を痛め、なんとかしようとするだろう。千歳がいなければ生じなかった軋轢《あつれき》がどんな波紋を広げるかわからない。

好きになってくれただけで十分。つがいになんかならなくていい。

楼嵐のことを思えば千歳がさっさと帝都を出るのが一番だということはわかっていた。それなのに傍にいたくて、様々に理由をつけてぐずぐずしていた。そのせいでこの体《てい》たらくだ。

助けにきて欲しいと思うと同時に、捨て置いてくれればいいという気持ちが膨《ふく》らむ。楼嵐が躯《からだ》目当ての下衆《げす》だったらよかったのにとさえ思う。千歳にとってはその方が自分のせいで苦しい思いをさせるよりよっぽどましだったからだ。

痛い思いをするのは、千歳だけでいい。

でも、もし楼嵐が来てくれたならば――。

じりじりと時が流れてゆく。

何度か使用人が現れ、食事を与《あた》えられた。その度に男爵《だんしゃく》に従えと説得されたが、千歳は頑《がん》として応じなかった。男爵は急ごうとしなかった。邪魔《じゃま》が入るわけないと思っているのだ。千歳はなんの力も持たないヒトもどきにしか見えないから。

両手を組み合わせ、祈《いの》る。ポンと陽気な音を立て出てきた小さな花を、千歳は両手で包み込んだ。鼻を寄せると甘い香《かお》りに少しだけ気分が楽になる。気のせいかもしれなかったが、それでかまわなかった。

今も昔も花は千歳の慰めだった。

変化が訪《おとず》れたのは、一昼夜が過ぎた頃だった。膝《ひざ》を立て、格子《こうし》に寄り掛かってぼんやりしていた千歳の耳に大きな物音が響《ひび》いた。

反射的に顔を上げ、耳を澄《す》ませる。入り乱れる複数の足音が階段に近づいてくるようだ。業《ごう》を煮《に》やした男爵が腕《うで》っぷし自慢《じまん》の使用人を連れてきたのだろうか。それとも……？

期待せずにはいられない。

楼嵐に会いたい。だが、こんな姿、見せたくない。

ぐるぐる考えた挙げ句、千歳は牢の隅へと下がった。我ながら馬鹿みたいだった。そんなことをしても隠れられるものではないのに。

地下室へと下りる階段の上にある扉《とびら》が開かれる。そうして現れたのは——楼嵐だった。

「見つけた、千歳……！」

硬《かた》い靴音《くつおと》が階段を駆《か》け下りてくる。来てくれたのだと思ったら、喉《のど》が震《ふる》えた。今隠れようと下がったくせに、ふらふらと前に出てしまう。少しでも近づこうと格子から伸《の》ばした手を、インバネスを翻《ひるがえ》し牢《ろう》に駆け寄った楼嵐が握《にぎ》った。

「くそ……っ」

苛立《いらだ》たし気に舌打ちされ、軀が竦《すく》む。楼嵐が千歳から顔を背《そむ》けた。

「男爵。俺のつがいを拉致《らち》したのみならず、暴力を振るったな……！」

楼嵐の視線の先には激怒《げきど》する男爵がいた。楼嵐に殴《なぐ》り掛《か》からないのは、ひとえに伊織に二の腕を掴《つか》まれているからだ。

「黙れ。無礼者が。こんなことをして、ただで済むと思うなよ。全員、絞首刑《こうしゅけい》にしてやる……！」

男爵の耳はぴんと立ち、目に至ってはぎらぎらした光を放っていた。楼嵐と千歳に対する憎悪を全身から立ち上らせ、伊織の腕を振りほどこうとしている。

頭上から新たな足音が聞こえてくる。開けたままになっていた扉の向こうに現れたのは、制服を纏《まと》った二匹の巡査《じゅんさ》だ。

「ああ、ようやく来たな。こいつらを捕《つか》まえろ！」

男爵が居丈高《いたけだか》に命ずる。だが、巡査たちは戸惑《とまど》っているようだった。その目が向けられているのは、男爵ではない。顔を腫《は》らし牢に囚《とら》われているいかにも被害者然《ひがいしゃ》とした青年――千歳だ。

それまで黙っていた伊織が口を開いた。

「残念ながら逮捕《たいほ》されるのは君だ、八志乃男爵。君は千歳くんの魔法を独占《どくせん》せんと専属契約《けいやく》を迫《せま》り、断られたら拉致して監禁《かんきん》したね？　いくら華族《かぞく》とはいえこんな横暴、許されない。ましてや千歳くんは楼嵐公爵のつがいだ」

「公爵さまですと……!?」

当事者の双方《そうほう》が華族と知った巡査たちの表情が硬くなった。だが、男爵は伊織の言葉を信じない。

「嘘《うそ》だ。楼嵐公爵なんて名前、聞いたことがないぞ。華族を騙《かた》っているだけだ。かまわん、取り押さえろ」

千歳は蒼褪《あおざ》めた。楼嵐が千歳と同じく取るに足らない存在のように扱《あつか》われたらと考えただけで血の気が引く。

――僕のせいだ。

楼嵐が他の華族の屋敷に乗り込むなどという無茶《むちゃ》をしたのも、辱《はずかし》めを受けようとしているのも。千歳という疫病神《やくびょうがみ》が傍にいたから――。

「聞いたことがないのは、男爵、あなたの知識がつけ焼き刃《ば》に過ぎないからじゃないのかな？　もともと爵位を継《つ》ぐのは君のお兄さんのはずだったからねえ。君は出来が悪くて勘当《かんどう》されたも同然だったらしいし、十七年前の華族のことなんて知らなくても仕方ない」

伊織の口元にはいつものようにふわふわとした笑《え》みが浮《う》かんでいる。だが、その整った顔を見た瞬間《しゅんかん》総毛だってしまい、千歳は思わず楼嵐の手を強く握ってしまった。

男爵が低く呻《うめ》く。よく見ると伊織のほっそりとした指が、男爵の二の腕に食い込んでいた。主《あるじ》を侮辱《ぶじょく》されて激怒しているのだ。

楼嵐が鷹揚《おうよう》に――剣呑《けんのん》な微笑《ほほえ》みを唇《くちびる》に乗せた。

「よい、伊織。俺が隠棲《いんせい》していたのが悪いのだからな。身を証《あか》すくらいのことはせねばならまい？」

楼嵐が千歳の手を放す。階段に向かって優美に踏み出すと同時に、引き締《し》まった長身が変化を開始した。

長く太いしっぽがしなやかに揺《ゆ》れる。四肢《しし》が地を踏んだ。獣化したことによって全身を覆《おお》った毛並みの艶《つや》やかさに、なぜか涙《なみだ》が出そうになる。

この獣はいつだって気高く、美しい。

「じゅ、純血種……」

獣たちにとって、至高の存在。

どんな証明書も必要ない。この姿こそが楼嵐の地位の証左となる。

巡査たちの前まで行くと、ユキヒョウは長いしっぽを一振《ひとふ》りした。

「俺は天子さまから公爵位を賜《たまわ》っているユキヒョウ、楼嵐だ。もっと証が必要なら、宮城に問い合わせろ」

「め、滅相《めっそう》もありません！」

巡査の一匹《いっぴき》が慌《あわ》てて階段を駆け下り膝を突《つ》く。もう一匹は八志乃男爵に手錠《てじょう》を掛けた。

「きさま……っ！」

男爵が声を荒《あら》げるが、もう巡査たちを従わせることはできない。

「千歳を早くここから出せ。男爵といえど俺のつがいをこんな目に遭《あ》わせたのだ、この雄《おす》には相応の罰《ばつ》を受けさせろ」

「は……！」

「おい、鍵《かぎ》を出せ！」

ユキヒョウが千歳のもとに戻《もど》ってくる。

「もう少しの辛抱《しんぼう》だ。すぐそこから出してやる」

優《やさ》しい声音《こわね》に泣きたくなってしまい、千歳は格子の隙間《すきま》から手を差し出した。少しでもいい、楼嵐に触《ふ》れたかった。

ユキヒョウが千歳の切望を汲《く》んで、頭を擦《す》り寄せてくれる。艶やかな毛並みに触れるだけで、ささくれだった心が癒《いや》されるような気がした。

――どうしよう。好きだ、この獣《けもの》が。こうしているだけで、幸せで泣きたくなってしまうくらいに。

鍵はなかなか見つからない。そうこうしているうちに、新たな人物が地下室の下り口に現れた。

「どうしたの？　なんの騒《さわ》ぎ？　どうして巡査が――お父さま⁉」

男爵《だんしゃく》の娘《むすめ》と気づいた千歳は身を強張《こわば》らせた。

娘はまず牢に閉じ込められた千歳を、それから拘束《こうそく》されている父親を見て、力なく壁《かべ》にもたれ掛かった。

「なに、これ。お父さまがこんなことをしたの……？」

男爵が顔を逸《そ》らす。

「お嬢《じょう》さま、見てはいけません。参りましょう」

後から現れた使用人がおずおずと娘の背に手を回した。千歳を引きずりまわした時とはまるで違《ちが》う、大切な宝物を扱うような手つきだった。

ふっと夜中に見てしまった母の泣き顔が胸を過《よぎ》る。

千歳にとって男爵は最悪の暴君だったが、彼女にとっては父親だ。惨《みじ》めな姿を見て、胸を痛めないわけがない。

娘が使用人の腕《うで》を振《ふ》りほどく。

「花屋さんを出してあげてちょうだい」

ひくりと使用人の耳が揺れた。迷いを見せたものの従うことにしたのだろう、一旦《いったん》階段の下り口から消えたものの鍵を持って戻ってくる。南京錠《なんきんじょう》が開けられようやく牢から出た千歳は改めて地下室を見渡《みわた》した。

もう、花は必要ない。

持っていた花を千歳は、傷ついた顔をした娘に差し出す。

「あの、これを。こんなことになってしまって、残念です」

牢の中でずっと千歳の手の中にあった花は萎《しお》れ始めていたが、豊かな芳香《ほうこう》は健在だった。いらないと言われるかと思ったが、娘は花を受け取った。そのまま鼻先まで運び、深く息を吸い込む。そうしたら髪飾《かみかざ》り用の花を市で買った時と同じように、表情が緩《ゆる》んだ。

「相変わらずあなたの花はいいにおいがするのね」

この花のにおいが彼女の心も楽にしてくれるといい。そう口には出さずに千歳は祈《いの》った。

＋　＋　＋

蛇口《じゃぐち》から滴《したた》った湯がぴちょんと跳《は》ねる。

楼嵐の主寝室《しゅしんしつ》に付属する浴室はあたたかな湯気で煙《けむ》っていた。

広い浴室の中央に据《す》えられた猫《ねこ》のような脚《あし》がついた陶器《とうき》の湯船は大型獣《おおがたじゅう》の雄でも寝《ね》そべられる大きさがあった。昼間ならば燦々《さんさん》と陽光が差し込む大きな出窓に置かれた鉢《はち》から伸《の》びた蔦《つた》が床《ゆか》や天井《てんじょう》を這《は》っている。天井から一つだけ吊《つ》り下げられた洋燈《ランプ》の明かりはごく弱かったが、タカナシが触れると明るさを増した。大きな衝立《ついたて》の上には、千歳が着ていた外套《がいとう》や襟巻《えりま》きが引っ掛《か》けられている。

千歳本人はマットの上に立ち、シャツを脱《ぬ》ごうとしていた。だが、軀《からだ》中が強張っている上指先が震《ふる》えるせいでなかなかうまくいかない。見かねた楼嵐が手を出そうとする。

「手伝おう」

「結構です。こっちへ来ないでください」

さっと後退《あとずさ》ると、千歳は釦《ぼたん》を外そうと奮闘《ふんとう》を続けつつ、上目遣《うわめづか》いに楼嵐の顔色を窺《うかが》った。

「汗《あせ》を掻《か》いたのに昨日からお風呂《ふろ》に入ってないんです。きっと汗臭《あせくさ》いですから」

強張っていた楼嵐の顔が綻《ほころ》ぶ。

「俺は気にしない」

「僕は気にするんです」

「どうでもいいから早くしてくれないか」

タカナシが湯船の傍《そば》で面倒《めんどう》くさそうな顔をして待っている。

万一の時のために呼び出されたらしい。千歳が男爵の屋敷《やしき》を出ると外でタカナシが紙巻き煙草《たばこ》を吸いながら待っていて、楼嵐の屋敷までついてきた。

待たせては悪いと、千歳はようやく釦が外れたシャツを衝立に投げ、肌着《はだぎ》をまくり上げる。ズボンも脱いで衝立の陰《かげ》で腰《こし》にタオルを巻くと、千歳はタカナシの前に歩み出た。

「痣《あざ》は派手だが、大した怪我《けが》はないな。放っておいてもいいぐらいだが、回復が早まる魔法《まほう》を一応掛けておこう」

「……魔法を掛けてもらうには予約が必要なんじゃないんですか？」

「万一のために常に余力は残してあるさ。公爵は上得意だしな」

胸に押し当てられた掌《てのひら》が一瞬《いっしゅん》だけ熱くなる。ついでタカナシが湯船に溜《た》めてあった湯に指先を浸《つ》けると、透明《とうめい》だった湯が緑色に変わった。促《うなが》されるまま湯に全身を浸《ひた》すと、痛みが遠のく。

「あの、助けにきてくださってありがとうございました」

楼嵐が壁際《かべぎわ》に置いてあった椅子《いす》の背もたれを持ち湯船の傍に移動させ、腰を下ろした。

「いや、むしろ遅《おそ》くなってすまなかった。男爵が犯人だろうとは思ったが、拉致《らち》した現場を目撃《もくげき》したものがいなくてな。使用人を籠絡《ろうらく》して確証を得るのに時間が掛かった」

男爵の屋敷にいる時には気づかなかったが、その顔には疲労《ひろう》が滲《にじ》んでいた。浴室にはなにもかも終わった後の弛緩《しかん》した空気が漂《ただよ》っている。

伊織が飲み物を載《の》せた盆《ぼん》を手に戻ってきて、皆《みな》にカップを配り始めた。

「伊織さんは男爵のこと、以前から知っていたんですか？」

「うん？　どうしてだい？」

「継承《けいしょう》とか、込み入ったことを言っていたじゃないですか」

「ああ、あれは調べたんだよ。君との接触《せっしょく》が確認《かくにん》されてすぐにね。主《あるじ》の大事なつがいに害になるような輩《やから》だったら排除《はいじょ》しなきゃいけないし」

「え」

千歳のこめかみを、汗が伝い落ちた。

「……伊織さん、ずっと留守にされていましたよね？」

「私がいなくても、帝都《ていと》には部下がいたよ？　それに密に連絡《れんらく》を取っていたからね。問題ない」

「ずっとどちらに行かれてたんですか？」

伊織の目が、ちらりと楼嵐を見た。

「実は君の両親の足取りを追っていたんだよ。楼嵐さまの命でね」

「つがいになるなら、挨拶《あいさつ》せねばならないからな」

楼嵐はそっぽを向き、なんでもないことのように言う。千歳のためにそうしてくれたに違いないのに、隠《かく》しておくつもりだったのだろうか。

「ふふ。それに、君が手紙を心待ちにしているから、早く寄越《よこ》せるよう段取りしてやれって。優しいよねえ、楼嵐さまは」

熱いものが軀の奥底から湧《わ》き上がってくる。

優しい。確かに、楼嵐は。自分にはもったいないくらいに。

「父と母は……元気なんですか？」

「まあ、元気なんだけど、山を越《こ》えて近道しようとして典磨が足を怪我してたんだよ。寂《さび》れた山寺で療養《りょうよう》していたせいで、見つけるのに難儀《なんぎ》したなあ」

「そんな……」

なぜ自分は一人で帝都に行くなどという我儘《わがまま》を言ってしまったのだろうと、千歳は後悔《こうかい》した。怪我は避《さ》けられなくても自分が傍にいれば、力になれることもあったのではないだろうか。そもそも花など売ってもらおうとしなければ、いじめっ子たちをうまくあしらえていればと様々な後悔が胸を過《よぎ》る。

「でももう大丈夫《だいじょうぶ》。怪我は快方に向かってるし、念のためにいい医者を雇《やと》ってつき添《そ》わせてる。医者には新居が決まって落ち着くまでは同行するよう頼《たの》んであるし、心配はいらない」

医者は貴重な人材だ。一時的に雇うだけではなく旅にまで同行させるなんて、一体どれだけの金が必要なことだろう。

千歳はヒトもどきなのに、楼嵐と釣《つ》り合うような存在ではないのに。こんなにも手を尽《つ》くしてくれるなんて。

「ありがとう……本当に、ありがとう、ございます……」

ともすれば震えてしまいそうな声を必死に抑《おさ》え、千歳は楼嵐の袖《そで》を摑《つか》む。どうしたらこの気持ちを表現できるかわからなくて、胸元《むなもと》にこつりと額を押し当てると頭を撫《な》でられた。

「礼には及《およ》ばない。つがいの家族なら、俺の家族も同然だからな」

「……つがいになるって、まだ、言ってないのに……」

伊織がいそいそと空になったカップを回収し始める。空気を読んだタカナシも脱いであった羽織を手に取った。

「それじゃあ俺はそろそろ退散する。……ああ、千歳くんには話したいことがあるから落ち着いてからでいい、また訪ねて来てくれ。――別に不倫《ふりん》に誘《さそ》うつもりはないから心配する必要はありませんよ、公爵《こうしゃく》」

わざわざ添えられた言葉に千歳が顔を上げてみると、楼嵐が毛を逆立てていて、ちょっと笑ってしまう。

「お世話になりました」

「二度とこんなことが起きないよう、気をつけるんだな。まあ、なにがあっても君のおっかない旦那《だんな》がなんとかしてくれるだろうが」

「私も失礼します。明日《あした》また朝食と目を通していただきたい書類を持ってうかがいます」

「ああ」

そそくさと一人と一匹が退出する。扉《とびら》が閉まると、浴室は蛇口から落ちる水滴《すいてき》の音しか聞こえなくなった。湯船の縁《ふち》に肘《ひじ》を突《つ》いた楼嵐のあたたかな掌を頰《ほお》に感じる。

千歳は反射的にぎゅっと目を瞑《つむ》った。初めての時は唇《くちびる》が押し当てられるまで――押し当てられてからも――きょとんと目を見開いていたものだった。行為《こうい》を繰《く》り返すたび、千歳は少しずつ学習し、変わりつつあった。

接吻《せっぷん》を予期し、従順に目を瞑って待つ。

楼嵐は愛《いと》しげに親指で千歳の頰を撫でてから、小さく開いた口を己《おのれ》の唇で塞《ふさ》いでくれた。それだけで千歳は感極《かんきわ》まってしまいそうになった。

好きだ。楼嵐がしてくれるなにもかもが好き。

口の中を舌でまさぐられるだけで下腹に血が集まる。頭に霞《かすみ》がかかってこれから与《あた》えられるであろう快楽のことしか考えられない。――楼嵐の淫《みだ》らな教育の成果だ。

キスをほどいた楼嵐が千歳の後ろ髪《がみ》をいじりながら低く嗤《わら》う。

「気がついているか？――自分がどんなにおいを発しているか」

千歳は目元を紅潮させた。千歳は鼻が利《き》かないが予想はつく。きっとまた淫らなにおいを振《ふ》りまいてしまっているのだ。

「雄《おす》でも愛されることを覚えると、においが変わるって話は聞いたことがあるが、おまえは最初から食欲をそそる甘いにおいをさせていたな」

――きっと、愛されたいと思っていたからだ。でも僕はヒトもどきだから自分からは手を伸《の》ばせなくて……においばかりが強くなってしまった。

楼嵐がタイを無造作に抜《ぬ》き、衝立《ついたて》の前に置かれた椅子に投げた。立ち上がって上着を肩《かた》から滑《すべ》らせ、ベストも脱《ぬ》ぎ、シャツの釦《ぼたん》に指を掛《か》ける。

楼嵐の上半身が露《あら》わになると、千歳は水面に視線を落とした。立てた膝《ひざ》をすりりと擦《こす》り合わせる。綺麗《きれい》に筋肉のついた伸びやかな肉体を見てしまったせいだ。楼嵐があんまりにも色っぽいせいで、軀《からだ》がざわめいて落ち着かない。

「さあ、来い。おまえが欲《ほっ》するだけ可愛《かわい》がってやろう」

差し出された手を千歳は取った。

楼嵐は千歳を抱《だ》き上げると一旦《いったん》マットの上に下ろし、大判のタオルを肩に掛けてくれる。大《おお》雑把《ざっぱ》に拭《ふ》かれながら、千歳はすこし身を屈《かが》めた楼嵐の耳を指で摘《つ》まんだ。

楼嵐はぴるんと耳を震《ふる》わせたものの、触《さわ》るなと振り払《はら》いはしなかった。

「僕、ね。こんななりでしょう？　誰《だれ》かとつがいになんて一生なることはないだろうなって思ってたんです。僕みたいなのを好きになる獣《けもの》なんているわけないですし、両親は僕みたいな子を持ったがゆえに散々な目に遭《あ》ってきました。僕とつがいになったら相手の子もしなくていい苦労をすることになる。そんなの可哀想《かわいそう》だって思っていたから」

「千歳……」

前髪が掻《か》き上げられる。額に接吻され、千歳は目を細めた。

「男爵が僕にあんなことをしたのも、僕がヒトもどきだったからですよね。きっとあなたが助けに来てくれるって信じてましたけど、牢《ろう》にいる間、色々考えてしまって怖《こわ》かった。助けに来てくれたことがきっかけで僕との関係が外に知れたら、あなたに傷がつくんじゃないか、とか……」

「俺を傷つけられるものなどいない。それに俺は決めたのだ。俺の目に見える場所では決して血による不当な差別を許さないと。後悔したからな、おまえの一件では」

たかが庭師の子。気に掛ける必要などないのに、ずっと自分のことを楼嵐は忘れないでいてくれた。

色んな思いを込め、千歳はふわりと微笑《ほほえ》む。

「……地下室に現れた時のあなた、かっこよかったです」

楼嵐は戸惑《とまど》いを見せたものの、ふふんと偉《えら》そうに胸を張った。

「なんだ。惚《ほ》れたか？」

「はい」

千歳の襟足《えりあし》を拭こうとしていた楼嵐が固まった。見上げると、どちらかと言えば白い膚《はだ》をほのかに赤く染めている。偉そうに言ってはみたものの、千歳が肯定《こうてい》するとは思っていなかったらしい。

「この気持ちを無視するのはもう無理だって悟《さと》りました。顔を見ただけで、抱いて欲しくなってしまって」

好きなら身を引くべきだとずっと思っていた。だが、無理だ。千歳の心も軀も楼嵐なしではいられない。無理に遠ざけようとしたらきっと死ぬまで渇《かわ》きに苦しむことになるだろう。

それに、楼嵐なら大丈夫な気がした。楼嵐の振る舞《ま》いは堂々としたものだった。すべてが意のままになると信じて疑っておらず、実際、なにもかもが楼嵐の望んだとおりに運んだように千歳の目には見えた。千歳が恐《おそ》れているものなど、楼嵐にとってはなにほどのものでもないのだ。楼嵐ならわずらわしいことすべてをその威光《いこう》で薙《な》ぎ払い、意思を貫《つらぬ》き通してのけられる。

「好きです。最初からずっとあなたが好きでした」

「ようやく言ったな」

楼嵐が両手を広げる。千歳は楼嵐に抱き着き、逞《たくま》しい胸元に顔を埋《う》めた。そうしたら楼嵐も掻《か》き抱き、髪にキスしてくれた。

もう、我慢《がまん》はしない。

タオルにくるまれたまま抱き上げられ、寝台《しんだい》へと運ばれる。千歳を天蓋《てんがい》の下に下ろすと、楼嵐は無造作にタオルを取り去った。

ばさりという音と共に、細い腰《こし》に小さな尻《しり》、小動物特有の繊細《せんさい》でしなやかな肢体《したい》が現れる。

タオルが床《ゆか》に投げ捨てられた。膝を左右に割られ、千歳は思わず腰を引こうとする。何度交《こう》尾《び》しても、秘すべき部分を真正面から見られるのは恥《は》ずかしい。

ちろりと唇を舐《な》めた楼嵐が身を屈めた。

「あ……ああ……っ！」

性器をあたたかなもので包まれ、千歳は己の足の間を凝然《ぎょうぜん》と見つめる。

楼嵐が千歳のモノをしゃぶっていた。嬉《うれ》しそうに耳をぱたぱたさせて。

――楼嵐は、希少種の純血種なのに……。

こんなにも美しく貴《とうと》い獣が自分のような者の卑猥《ひわい》な器官に奉仕《ほうし》するなんておかしいといつも思う。

そのくせに、楼嵐の清廉《せいれん》な唇に己のモノがくわえ込まれているのを見るたび、かあっと頭の芯《しん》が熱くなった。冷静になろうと思えば思うほど恥ずかしいほど欲が高まり、楼嵐に蜜《みつ》を啜《すす》られてしまう。

「ん……っ、や、駄目《だめ》、です。気持ち、よすぎ……っ」

腰が熱く痺《しび》れる。おまけに指先で蕾《つぼみ》をまさぐられ、千歳は足首を伸ばして爪先《つまさき》を突っ張った。

「あ、だめ……っ」

強く吸引された性器が楼嵐の口の中で大きく膨《ふく》らむ。

ごくりと楼嵐の喉《のど》が鳴った。

千歳ははっとする。また我慢できなくて楼嵐の口の中に放出してしまった……。

「あ、ご、ごめ……ひ……っ」

まだひくついているモノを根元から扱《しご》き上げられ、千歳は唇を震わせる。中に残っている最後の一滴まで吸い取ろうとするかのように、達したばかりでとても感じやすくなっている器官を刺激《しげき》され、気が遠くなった。

――なんだか、へんだ……。いつもより、感じやすい……？

気のせいだろうかと首をひねっていると、楼嵐が顔を上げ、唇の端《はし》から少し零《こぼ》れていた白を舐め取った。

「快楽に弱いな、千歳は。恥じ入って泣きそうになっている顔、すごくそそるぞ」

「ば……馬鹿《ばか》……っ」

それに、楼嵐の目つきも、いつもよりずっと怖い。

「どうして、そんなモノを舐めたがるんですか。信じられない」

楼嵐の口角が上がった。

「は、信じられないか。では、ここを舐められたらなんと言う？」

ぐっと軀を折り畳《たた》むように曲げられ、千歳は赤面した。シーツには背中の半ばまでしかついていない。高々と尻が上げられ、蕾まで楼嵐の目の前に差し出されてしまっている。

「や、こんな格好……、ちょっ、見ないでください……っ」

抗議《こうぎ》するも、楼嵐はおもむろにそこに顔を近づけ、そして――。

「あ、や……っ」

濡《ぬ》れたやわらかなモノに蕾を嬲《なぶ》られる感覚に千歳は身をよじった。信じられないが足の間に見えている。楼嵐がそこを舐める姿が。

熱い。

こんなことはいけないと思えば思うほど楼嵐の舌の動きを詳細《しょうさい》に感じた。ねろりとねぶられる感覚の生々しさに頭の芯が痺れたようになってゆく。

——嘘《うそ》。僕、こんなとこ舐められて、感じて、る……？

恥ずかしくてたまらず涙目《なみだめ》になっているくらいなのに、舌を蕾に感じるたびに出したばかりで満足しているはずのモノが力を取り戻《もど》しつつあった。『楼嵐にそんな場所を舐められている』ということだけで昂《たかぶ》ってしまう。楼嵐の肉色の舌が蕾を撫《な》でるのが見えるたび、もっとと思う。

もっと。そこじゃなくて。もっと深く、熟《う》れて深く悦《えつ》を感じられる場所を嬲って欲しい……。

もどかしくておかしくなりそう。でも、おねだりなんて、恥ずかしくてできない。

若茎《わかくき》の先から落ちた蜜が胸を伝う。

膝裏《ひざうら》を押さえていた楼嵐が、左手の位置を変えた。尻と太腿《ふともも》の境目。蕾に添《そ》えられた親指が、ぐっと肉を押し開く。

「だめ、あ……っ！」

それまで入り口をなぞるだけだった舌が中まで入ってきたのを感じた。そんなところを舐められるなんて死ぬほど恥ずかしくて——死ぬほど興奮する。

ぐねぐねと蠢《うごめ》くモノに尻を犯《おか》され、千歳はよがった。

「やだ、や、そんなの……っ、駄目、駄目、です。ろうらん……っ！」

そんなんじゃ物足りない。昂る躯《からだ》が求めているのはもっと硬《かた》くて太くて暴力的なまでに猛々《たけだけ》しい、楼嵐の軀の別の一部分だ。

千歳は縋《すが》るような眼差《まなざ》しを楼嵐に向ける。

「ろうらん……お願い……奥まで、あなたの……っ」

視線が合った刹那《せつな》、息を呑《の》む。

舌が抜《ぬ》け、千歳を押さえつけていた手がなくなった。だが、解放されたのも束の間、すぐ片足が肩《かた》に担《かつ》ぎ上げられる。

「悪いが今日は手加減できない」

ぶっきらぼうに宣告され、膚が粟立《あわだ》った。

今日は手加減できない？　どういうことだろう。今までは手加減していたというのだろうか。

入り口に、熱く濡れた楼嵐の切っ先が押し当てられる。舌でいじられただけで慣らしが不十分なように感じられたが、千歳は唇《くちびる》を閉《と》ざした。多少痛くても今すぐ欲しかった。はらわたの奥まで楼嵐でいっぱいにして欲しい。

ぐっと圧がかかり、慎《つつ》ましやかに口を閉ざしていた蕾が押し開かれる。引き裂《さ》かれそうですごく怖《こわ》いのに、陰茎《いんけい》の先端《せんたん》からぱたぱたと雫《しずく》が落ちるのは――なぜだろう？

凶器《きょうき》のようなモノが一気に奥まで入ってくる。

怖い――けど、いい――！

頭の芯が真っ白になったが、千歳のソコは裂けることなく大きすぎるモノをちゃんと頬張《ほおば》ってのけた。ひく、ひくと中がひくついているのは、苦痛のためだけではない。

「は……きついな……」

楼嵐も苦しいのか、動きを止め馴染《なじ》むのを待っている。

千歳はそろそろと片手で腹を撫でた。皮膚《ひふ》の下に、パンパンに張った臓器が感じられるような気がした。怒張《どちょう》した楼嵐がここに収まっているのだと思うと、不思議な感慨《かんがい》に囚《とら》われる。

「ん……すごい、中、楼嵐でいっぱいで、苦し……」

己《おのれ》の雄《おす》が収まっている場所を愛《いと》し気に撫でるのを見せつけられた楼嵐の眉根《まゆね》が寄った。

「くそ、煽《あお》るな……っ」

いきなりがつんと突《つ》き上げられる。千歳が掠《かす》れた悲鳴を上げた。

「あ、や……っ、こんな、激し……っ」

一突きごとに奥まで穿《うが》たれる。感じてならない場所を容赦《ようしゃ》なく先端でくじられ、千歳は身をくねらせて逃《のが》れようとした。だが、どんなにシーツを掻《か》いたところで、腰を摑《つか》まれ引き戻されてしまう。

「あ……ひ……！」

箍《たが》が外れた雄の本気に、千歳は為《な》す術《すべ》なく翻弄《ほんろう》された。

――確かに、今までの楼嵐は手加減してくれていたのかも。

摩擦《まさつ》で尻穴が熱くなるんじゃないかという恐怖《きょうふ》を感じたことなどない。こんなに息つく暇《ひま》もなく責め立てられたこともない。

いきり立った怒張をくわえ込まされた場所からはじゅぷじゅぷという水音が絶え間なく上がり、体液が泡立《あわだ》っているのが見なくてもわかる。千歳はシーツを握《にぎ》り締《し》め、荒《あら》っぽい責めに必死に耐《た》えようとした。

「あ……あ……っ」

来る。

熱いうねりのような絶頂の予兆に、千歳は初めて脅《おび》えた。だが、堪《こら》えることなどできない。四肢《しし》を突っ張らせ、千歳は健気《けなげ》に反り返った陰茎の先から白を飛ばす。

――やっぱり、いつもより、イイ……。

いつもなら、千歳が達したら楼嵐は休ませてくれる。だが、今日は余韻《よいん》に浸《ひた》る余裕《よゆう》さえくれなかった。イっているのに感じる場所を穿たれ続ける。

「待って……おねが、ろうら、まってくださ……っ」

快楽も過ぎればつらい。

絶え間なく与《あた》えられる強烈《きょうれつ》な悦楽に、千歳の軀はおかしくなってしまったようだった。

射精したのにろくに萎《な》えない。また上り詰《つ》めてゆく感覚があり、最奥《さいおう》を突かれると同時に頂に達してしまう。イかされ続ける愉悦《ゆえつ》に、千歳はたまらず啜《すす》り泣いた。

「やあ……っ」

「可愛《かわい》い、千歳」

頬《ほお》を伝う涙を拭《ぬぐ》われ、千歳は己を犯し続けている雄を見上げる。

「も、もう、や、です……っ。悦《よ》すぎて、おかしくなる……っ」

「いいぞ、おかしくなれ」

気が遠くなりそうになった。淫乱《いんらん》だというウサギの性を千歳は引け目に感じていたが、楼嵐は楼嵐で荒々しい行為《こうい》を好む性を今まで抑《おさ》えていたのだろうか？

しっぽの先で宥《なだ》めるように喉元《のどもと》をくすぐられ、千歳は抵抗《ていこう》するのを止める。その代わりに太い楼嵐のしっぽを両手でぎゅっと抱《だ》き締めた。

楼嵐がくすりと笑う。

「いい子だ。愛しているぞ、千歳」

膨《ふく》れ上がる幸福感に破裂《はれつ》してしまいそうだ。

押し込み強盗《ごうとう》の腕《うで》に噛《か》みつくユキヒョウの姿がふっと脳裏《のうり》に浮《う》かぶ。両親を捜《さが》していたのだと報告する伊織の笑《え》みや、男爵《だんしゃく》を断罪する楼嵐の自信に満ち溢《あふ》れた表情も。

この獣《けもの》は確かに千歳を愛してくれている。

どうか、この獣の手を取ろうと決めた選択《せんたく》が間違《まちが》いではありませんように——。

抱き締めたしっぽの先を噛み、千歳は強く願った。

＋　＋　＋

翌日、千歳は丸一日を布団《ふとん》で過ごした。タカナシの魔法《まほう》のおかげで痛みはほとんどなかったとはいえ、完治していたわけではない。それまでの疲労《ひろう》もあるのに無茶《むちゃ》をして、腰《こし》が立たなくなってしまったのだ。予告通り朝から来た伊織がリツ手製の弁当を持ってきてくれて本当に助かった。

楼嵐は本格的に浮世《うきよ》に復帰する心積もりらしく、伊織に任せていた事業についての報告を受けたり書類にサインをしたりと忙《いそが》しい。

天子さまにも目通りを願い出る気だと楼嵐は言った。今回は魔法に頼《たよ》ることなく己の意志を貫《つらぬ》き通すつもりらしい。千歳とつがいになるためだ。

すでに一度こうと決めたら梃子《てこ》でも動かない獣であることは知れ渡《わた》っている。天子さまも再び楼嵐を失うよりはと折れるに違いないと楼嵐も伊織も読んでいるようだ。

市には翌々日には顔を出し、心配してくれた皆《みな》に顔を見せた。それからその足でタカナシの家を訪ねた。

魔力が溜《た》まりきるまで弟子《でし》の指導くらいしかやることのないタカナシはこの時も家にいて、千歳をあの本だらけの狭苦《せまくる》しい応接室に迎《むか》え入れた。テーブルの上にはまだ千歳が進呈《しんてい》した月下美人がコップに挿《さ》してある。

「結論から言うと、これは月下美人じゃない。それらしく作り上げられた別物だ」

「……そうなんですか？」

千歳の前にどっかりと腰を下ろすと、タカナシは紙巻き煙草《たばこ》を一本取り出した。とんとんとテーブルの表面にぶつける。

「実物も見たことないのに本物を作り出せるなんておかしいだろう？　だがまあ形についてはは別にいい。問題はにおいだ」

千歳は月下美人を手に取ってみた。作り出した時と同じく芳《かぐわ》しい。

「このにおいには魔法的効果が付与《ふよ》されている」

きょとんとしてしまう。魔法的効果とはなんだろう？

「これは君の祈《いの》りの具現だ。善きものには癒《いや》しを、悪《あ》しきものにはその醜悪《しゅうあく》さに見合った苦痛を与える。簡単に言うと、普通《ふつう》の獣がこの花のにおいを嗅《か》ぐと幸せな気分になるんだが、悪意ある獣にはなんとも敵意を掻き立てられる悪臭《あくしゅう》に感じられるんだ」

では自分の贈《おく》った花は本当に羽菜の出産の助けになったのだろうか。

「魔法を使えて豊かな生活を送るヒトをやっかむ獣は多い。ヒトは穢《けが》れだという迷信《めいしん》を信じている獣も確かにいる。とはいえ、君に向けられる敵意は異常だ」

　まるで千歳のすべてを把握《はあく》しているような言い方に、千歳は違和感《いわかん》を覚えた。

「異常？　男爵のことですか？」

「男爵もそうだな。あれは君をあのまま牢《ろう》に閉じ込めて花を生産させる気だったらしい。発想が常軌《じょうき》を逸《いっ》してる。だが、男爵だけでなく田舎《いなか》町にいた頃《ころ》の話も、君たち一家が帝都《ていと》を出るに至った経緯《けいい》もおかしい」

「どうして田舎町にいた頃の話まで知っているんですか？」

「伊織に聞いた。あれは楼嵐公爵の忠実なしもべだからな。君の両親を追跡《ついせき》する傍《かたわ》ら、君たちのことすべてを詳細《しょうさい》に調べ上げてきた。もし君が公爵の害となるようだったら排除《はいじょ》するために。報告書を読ませてもらって、俺はすぐおかしいと思った。君はそんなに嫌《きら》われるタイプには見えないのに、どうしてここまでされるのか、とな。それから花を調べて思ったんだ。このにおいのせいで君は、質《たち》の悪い連中の悪意を引き寄せてしまったのではないかと」

　くさいと罵《ののし》られることはあった。だが、千歳はそれを嫌《いや》がらせだと思っていた。本当に彼らにとってくさく感じられていたとは思わなかったのだ。千歳にはいいにおいにしか感じられなかったから。

「じゃあ……」

花を生成する魔法を使わなければ、自分はもうすこし幸せに暮らせるのだろうか。

「まあ、そうだろうが、それじゃあつまらん。俺に弟子入りしろ。魔法の使い方を教えてやる。君は魔法の絶対量が足りないから普通の魔法使いにはなれないが、変な付与をつけるのを止《や》めれば、もっとたくさんの花を出せるようになるだろう。逆ににおいの魔法を極《きわ》めれば、それはそれで別の方面で役に立つ」

「僕が魔法使いの弟子に――？」

自分のような半端《はんぱ》者がヒトから魔法の使い方を学べる日がくるとは、考えたこともなかった。屋敷《やしき》をあたたかく保てる魔法など使えなくてもかまわない。皆を笑顔にできる魔法が使えるなら、それが一番いい。

「まあ、俺がしたかったのはこういう話だ。帰ったら旦那《だんな》に相談しろ」

あっさりと話を終えると、タカナシは早くも治り始めている怪我《けが》の具合を診《み》てくれた。

＋　＋　＋

春風が桜のはなびらを抱《だ》き、ダンスをしている。長い冬が終わり春を迎えた八幡《はちまん》さまの市は、真っ青な空の下、今日も賑《にぎ》わっていた。冬には人気だった焼き芋《いも》の屋台が姿を消してしまったのが少し淋《さみ》しいが、行きかう獣たちの表情は明るい。纏《まと》っている着物も春らしく華《はな》やぎ、眺《なが》めているだけで心が浮き立つようだ。

なにもかもがうまくいっていた。

楼嵐は華々《はなばな》しく表舞台《おもてぶたい》に復帰した。伊織に任せていた貿易会社の舵《かじ》を取り、貴族院議員としても活躍《かつやく》している。天子さまとの会談も目論見《もくろみ》通りに運び、今や楼嵐と千歳はつがいだ。がらんとしていた屋敷には使用人が何人も雇《やと》い入れられ、豪華《ごうか》な部屋部屋は見違えるほど綺麗《きれい》になった。

手紙が届いてすぐ、楼嵐が旅行を提案してくれ、両親にも会いにいった。父の怪我は大分回復していたし、母は、順調に花屋を営んでいることと楼嵐とつがいになることを報告したら泣きだした。楼嵐の手を握《にぎ》り何度も何度も千歳を頼《たの》むと言う母の姿に、随分《ずいぶん》と心配させてしまったのだなと改めて実感する。

でももう大丈夫《だいじょうぶ》。千歳には楼嵐がいる。

帰途《きと》に生まれ育った町に寄り、千歳はかつて自分をいじめていた子が親の役人共々逮捕《たいほ》されたのを知った。どうやら伊織が千歳の身辺調査を行った際得た情報を、楼嵐が役所の上役にも流すよう命じたらしい。他《ほか》のいじめっ子たちもまったく別の犯罪で捕《つか》まったりしていた。タカナシが言っていた通り、彼らは性根《しょうね》から真っ黒に染まっていたのだ。

男爵《だんしゃく》もまだ自由の身ではない。千歳の拉致《らち》については身分の違いもあり大きな罪には問えなかったが、別に爵位継承《けいしょう》の是非《ぜひ》について申し立てる者が出たのだ。先代の死に前後して、男爵家では何人も人死にが出ているという話を聞き、千歳は血の気が引くのを覚えた。今日まで無事に生きてこられた千歳は、逆に運がよかったのかもしれない。

——いいや、違う。助けに来てくれた楼嵐のおかげだ。楼嵐がいなければこの幸せはなかった。

「あーうー」

木桶《きおけ》に生けられた花に隠《かく》れるようにして竹の子ご飯の握り飯を頬《ほお》張《ば》りながら夢想に耽《ふけ》っていた千歳のシャツの裾《すそ》を誰《だれ》かが引っ張る。見下ろすと、赤子が千歳の太腿《ふともも》に片手を掛けてじいっと握り飯を見つめていた。好奇心旺盛《こうきしんおうせい》で物怖《ものお》じしないこの子は、釉厳と羽菜の子だ。

「こら、駄目《だめ》よ、千歳くんの邪魔《じゃま》をしちゃ」

客との話を終えた羽菜が慌《あわ》ててやってきて赤子を抱き上げる。

「気にしないでください。摘《つ》まみ食いしているだけですから」

花屋にもぽつりぽつりと客が来ているものの千歳はのんびりしている。タカナシの下で修行《しゅぎょう》して出せる花の量が飛躍《ひやく》的に増えたので売り子を雇ったのだ。

店頭に並んでいる花々はいいにおいがするものの、魔法的効果はない。かつて以上に強い効果を持つ花も作れるようになったが、それは楼嵐に頼まれた時にしか作らないことにしていた。楼嵐は本当は千歳が花屋にかまけるのが面白《おもしろ》くないらしいが、我慢《がまん》してくれている。夏には目《め》抜《ぬ》き通りにも小さな店を出す予定だ。

まだ乳しか飲めないのに握り飯を欲しがってもみじのような手を伸《の》ばしむずかる赤子を揺《ゆ》すりながら、羽菜が含《ふく》みのある笑《え》みを浮《う》かべる。

「よかったわねえ。可愛《かわい》らしい売り子が来てくれて」

千歳も接客をする雌猫《めすねこ》へと目を遣《や》ると、うっとりと表情を崩《くず》した。

「そうなんですよね。とっても可愛い子が来てくれて幸せです。煤色《すすいろ》の毛並みは艶々《つやつや》だし、しっぽの動きは優美だし。他にも売り子として働きたいって子がいたんですけど、ついつい毛並みであの子に決めてしまいました。できれば見ているだけでなく触《さわ》りたくて仕方がないんですけど……」

「いい仲になれば触らせてくれるわよ?」

どうやら羽菜は、千歳が新しい売り子に気があると思っていたらしい。煽《あお》るような台詞《せりふ》でようやくそうと気がついた千歳は苦笑《くしょう》する。

「いい仲、ですか。僕もついこの前までは、素敵《すてき》な毛並みの持ち主が自分の好みなんだって思っていたんですけど、彼女とそういう関係になりたいとはちっとも思わないんですよね……」

毛並みのせいではなかった。千歳がユキヒョウに発情してしまったのは、それが楼嵐だったからだ。

「あらまあ、残念。ろまんすが花開くかと思ったのに」

「あの、そのことなんですが、実は僕――」

青い空に赤子の笑い声が響《ひび》く。幸せの象徴《しょうちょう》のような声音《こわね》に、羽菜の華やいだ祝福が続いた。

あとがき

こんにちは。成瀬《なるせ》かのです。

この本を手に取ってくださってありがとうございます！　また大好きなもふもふ話を書かせていただきました。今回はユキヒョウです。真っ白に斑紋《はんもん》の入った毛並みは品があるし、自分のしっぽを噛《か》む習性は可愛いしで、次はユキヒョウ！と決めていたのですが、いざ書こうとしてみたら攻《せめ》が自分のしっぽくわえるのってあざとすぎてお話に盛り込めませんでした。受がユキヒョウだったら、ガジガジガジガジガジさせられたのに、残念です。

思い返してみれば最初は、『孤児《こじ》が豪邸《ごうてい》を相続するが、そこには目に見えない獣《けもの》がいた……』というような話を書きたくてプロットを切り始めたのでした。かなり遠い場所に着地しましたが、えっちで歪《ゆが》んだところのあるウサギちゃんを書くのは大変楽しかったです。

……芋蔓式《いもづるしき》に思い出しましたが、私の場合、最初に浮《う》かんだイメージ通りの話になることって結構少ないかも。『鬼人《きじん》の契《ちぎ》り』の出発点も『美女と野獣《やじゅう》みたいな話』でしたし。出来上がったものを見たら、どこが？と自分でも思いますが。

舞台《ぶたい》背景は大正を意識してみました。意識しただけですが。この時代のガス灯とか煉瓦《れんが》造りの洋館とか、洋服と着物の渾然《こんぜん》とした感じとかがとても好きです。

本当は色々調べたりしたのですが、なんとなく電話や鉄道はケモノ世界にはそぐわない気がして、結局いいとこどりの大正風味ファンタジーになりました。ふわっと楽しんでいただければと思います。


みずかねりょう先生には素敵な挿絵《さしえ》をありがとうございました。以前にも一度、一緒《いっしょ》にお仕事させていただいたことがありますが、再び描《か》いていただけて嬉《うれ》しいです。表紙のラフが！すごく好みのデザインで！　無理かもと思いつつ要望したユキヒョウの姿も入れていただけてお腹《なか》いっぱい大満足……なんて気が早すぎますね。

タイミング的にいつも後書きを書いている時にはラフしか見られていないのですが、全部見てからだと大変なことになってしまうような気がします。仕上がりを見るのが楽しみです！

ルビー文庫さんから出していただく本はこれで六冊になります。ずっとお付き合いくださっている編集様や、校正様や書店の皆《みな》さま、それから――ええと、私の知らないところでお世話になっているのであろう皆々様に感謝を。

そして何よりこの本を買ってくださって、ありがとうございました。

また次のご本でお会いできることを祈《いの》りつつ。

成瀬かの　http://karen.saiin.net/~shocola/dd/dd.html「ひみつの、はなぞの。」

KADOKAWA RUBY BUNKO

雪豹公爵《ゆきひょうこうしゃく》としっぽの約束《やくそく》

成瀬《なるせ》かの

角川ルビー文庫　R152-6　20576

平成29年10月1日　初版発行

発行者――三坂泰二
発　行――株式会社KADOKAWA
〒102-8177　東京都千代田区富士見2-13-3
電話 0570-002-301（ナビダイヤル）

印刷所――旭印刷　製本所――BBC
装幀者――鈴木洋介

ISBN978-4-04-106123-7　C0193　定価はカバーに表示してあります。

KADOKAWA RUBY BUNKO

角川ルビー文庫

いつも「ルビー文庫」を
ご愛読いただきありがとうございます。
今回の作品はいかがでしたか？
ぜひ、ご感想をお寄せください。

〈ファンレターのあて先〉

〒102-8078 東京都千代田区富士見 1-8-19
株式会社KADOKAWA
ルビー文庫編集部気付
「成瀬かの先生」係